少年台灣

這本書闔起來，就可以揹起背包，準備出發了。

蔣勳

少年台灣

少年台灣

目錄

自序

一九五〇年，三歲的時候，父母帶我在馬祖白犬島照相館拍了一張照片，用來申請進台灣的入境證。

在拍攝那張照片之前，我的人生完全空白，沒有絲毫一點記憶。

一九五一年隨母親在基隆上岸，踏上生命中宿命的島嶼，開始了此後成長成少年的歲月。

這個少年，成長的過程中，父親常談起故鄉福建，母親常談起她的故鄉西安。父母都有他們的鄉愁，然而，少年自己，全部的記憶都是台灣。

最早落腳的地方是松江路，在遠房叔公的公家宿舍，母親帶著五個孩子，打地鋪，窩居在一間小小屋子裡，鼻腔裡有許多小孩球鞋穿久了的

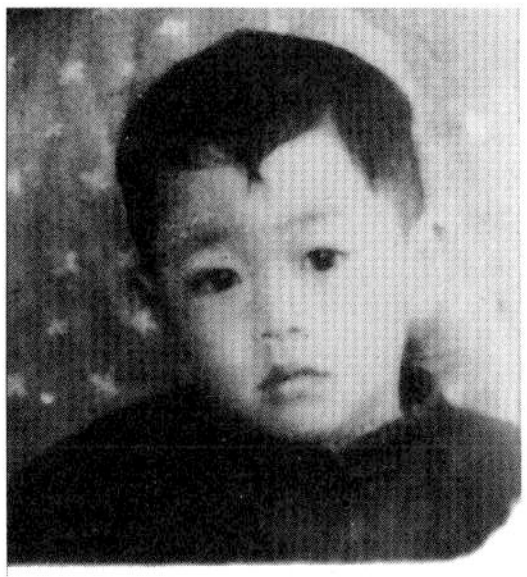

濕臭鬱悶的氣味。然而院子裡夏天夜晚的扶桑花和一些蕨類野草，釋放出清新混合著辛辣香甜的芬芳，我常常深深吸一口氣，像是要把一個季節花草的香都吸到肺裡去。

父親晚一年到台灣，我們搬出叔公宿舍，在當時的中正路和建國北路交叉口鐵道邊租賃了一間日式木造的小房子。

我開始有很清晰的記憶了，火車定時駛過的空咚空咚的聲音，氣笛長長的嗚嗚的聲音。隔壁吳家鄰居小女孩在門口洗澡時的裸體，水晶肥皂的泡泡和她身體的氣息。（她不時會跑來我家，沒有原因地坐在我旁邊很久。）

小我四歲的弟弟不斷哭泣抽咽的聲音，直到母親回來，一手解開衣襟給她餵奶，一手打開報紙裹的溫熱饅頭，遞了一個給我。

（我記憶著一種飢餓，肚腹裡空空的慌張，那也是襁褓中弟弟死命哭叫的原因嗎？）

兩年以後我讀了中正國小，是不足歲的入學生。

再過一年，賦閒兩年的父親找到糧食局的工作，可以配給到一棟在大龍峒的宿舍。

母親帶我坐二號公車，在最後一站「大龍峒」下車。

車站緊靠孔子廟南面的紅牆，孔廟西側是屋頂有許多彩瓷裝飾的保安宮。

保安宮前有一大水池，水池四周許多垂鬚的大榕樹。那天，我跟母親走過，池邊聚集一群人，我鑽進人群看，是一具淹死的屍體，用草蓆蓋著，一個和我同樣大小的孩子，用石頭丟擲屍體裸露在草蓆外的腳。

母親走過保安宮，在保生大帝神龕前合十拜拜。

穿過保安宮西側的窄巷，一畦一畦的菜田、稻田，遠遠看到一排新蓋好的黑瓦平房，母親說：「這就是家了。」

重慶北路三段二九五巷二十一弄二號，那幾個數字，好像成為少年時記憶裡的密碼。我的腦海裡常常閃過這幾個數字，記憶的盒子就打開了。一直到我二十五歲，第一次離開島嶼，去了巴黎，我持續只用了這一個密碼。

《少年台灣》是我許多揮之不去的青少年歲月的記憶，這裡面的人物很少是知識分子，他們在島嶼各個角落的底層生活著，嘉義月眉、笨港，雲林古坑，台東南王，南投集集，高雄彌陀、梓官，花蓮鹽寮，澎湖望安，蘭嶼野銀，金門水頭，馬祖芹壁——

一九九九，五十年來島嶼第一次政黨輪替之前，好像有一種莫名的盼望，我開始寫《少年台灣》。

二〇〇〇，政黨輪替之後沒有多久，《少年台灣》停筆了，一停就是六年。

（為什麼停了六年？我在疑惑什麼嗎？那些生活在島嶼各個角落的人物沮喪失落了什麼嗎？）

六年後，《少年台灣》重新開始，《少年台灣》應該有比「政黨輪替」更重要的事吧。

島嶼上習慣談論政治，我聽多了，常常悄悄離開那些喧囂的聲音，揹起背包，搖晃去一個安靜小鎮或村落，去看一看島嶼上沉默生活著不善談論政治的一些人。

那一段時間，在台北、高雄、台中，這些大都會，初見到一個人，我習慣問：你從哪裡來？

那個人如果說是「高雄」，我會追問，高雄哪裡？旗津？鹽埕？燕巢？岡山？路竹？鼓山？六龜？

那個人如果說：「台北」，我會追問：台北哪裡？萬華？三張犁？芝山？廈門街？永康街？汐止？大稻埕？木柵？

我想追問的是身體裡最初的記憶嗎？小小的地方，有氣味，有色彩，有聲音，還沒有大到像「台北」、「台中」、「高雄」那麼抽象或空洞，還有很具體的人的踏實生活——生活還沒有只剩下一堆吵鬧空洞囂張的語言。

沒有去過的地方。

為一個奇特沒有聽過的地名出發吧，揹起背包，隨意坐車，搖晃去一個

話吧。

台灣的少年，應該可以這樣在島嶼上四處流浪，習慣在孤獨裡跟自己對

坐在路邊，坐在小火車站，看午睡流口水的黃狗，聽夏日午後一樹蟬聲，廟口有打瞌睡的獨眼老人，欖仁樹大片葉子墜落，風吹過，像屋角貓伸懶腰的一聲嘆息，遠遠有油炸紅蔥頭的酥香的氣味，一陣一陣，在砧板上剁碎肉的「哆——哆——」

如果風裡是一陣一陣濃鹹香郁的醬味，我大概知道到了西螺。如果風裡是一陣一陣剛採收的辛烈的蒜味，我大概知道是在雲林莿桐。

我用嗅覺記憶我的故鄉。

這幾年我住在八里，南邊是「龍形」，北邊是「米倉」，「龍形」是因為觀音山在這裡像龍轉了一個彎，「米倉」是山腳下一塊小小的河岸腹地，有稻米堆積。

我不為什麼，寫了《少年台灣》，那些長久生活在土地裡人的記憶，那些聲音、氣味、形狀、色彩、光影，這麼真實，這麼具體，我因此相信，也知道，島嶼天長地久，沒有人可以使我沮喪或失落。

這不是一本閱讀的書，這本書闔起來，就可以揹起背包，準備出發了。

你，當然就是書中的「少年」。

二〇一一年十二月二日蔣勳寫於八里鄉米倉村

攝影／梁鴻業

少年集集

樟樹列植的綠色隧道，
通往那靜好的山中小鎮，
火車站自在無礙，天搖地動後重生，
給純樸與清新停佇。

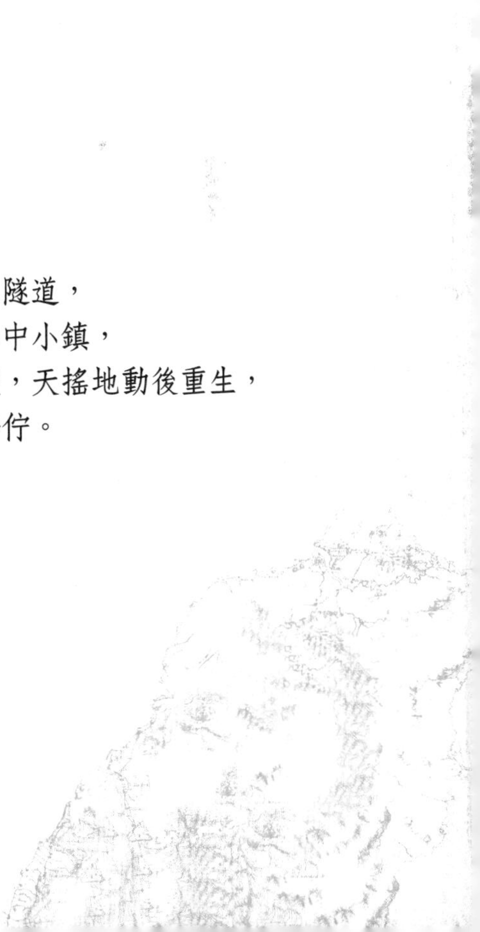

因為地殼板塊擠壓，島嶼的中央有了一脈隆起的大山。

大山上的積雪、泉水，融匯成河，浩浩蕩蕩。

河流一出離大山，彷彿被平坦的原野土地挽留，蜿蜿蜒蜒，減低了速度，一味拖滯流連，在眾多大小卵石的河床間淺淺緩緩流過。

許多早期從西邊海岸平原登陸的移民，佔據了海岸線及河流出海口沖積扇一帶肥沃富有的土地，也佔有魚鹽和貿易的便利，形成人口較密聚的市鎮。

移民的過程中，佔地為王，因此頗多械鬥。

族群間為了土地的佔有，往往聚眾鬥毆。

男子執農具相互廝殺，殘酷的報復，持續不減，甚至到了購買槍械火藥，屠滅一個村落，女子嬰兒也皆不能免。

弱勢的倖存者，或者遷往靠山區的人煙稀少處避難，或者在土地貧瘠處立足生根，企一飯之飽，放棄了爭奪。

在靠近山區的仄狹河谷兩側，也漸漸有了人口不多，生活幽靜儉樸的聚落。

數叢細長的檳榔樹散落在住家四近。夏季除了蟬聲，一片靜悄。因此，一旦有外人靠近，黃狗從隱伏處突然跑出狂吠，使灶間正工作的婦人也從竹凳上立起，擦了一手的污漬，走到窗口，順著黃狗的叫聲，遠遠看去。

田陌小徑上正走來三十多名年輕的學生，有說有笑，也有被黃狗嚇住不敢走上前的。

「小黃！」一個高個子男學生喝斥著黃狗。黃狗認出主人，即刻俯下身，搖尾擺頭，在主人褲腳處磨蹭示好。

（夢裡總是有一種驚恐，使我頻頻驚醒。當我忍住淚，貼近你的胸前時，房屋彷彿崩裂般搖動著。我不相信，我們是在經文計算的毀滅中。我們是在毀滅中，雖然你篤定握著我的手，撫慰我說：一會兒就過去了。我仍然潸潸淚流滿面。想到這一次過去，毀滅仍在某處等待著我們。）

然而婦人打開了祠堂，在多年沒有特別供奉的神案上上了香。並且抱歉地說：「孩子都大了，結了婚，移居在大城市裡。鄉下的老屋子反倒荒涼了。」

「也常去台北啊？」學生們問。

「住不慣啊！」婦人又抱歉地說。指一指高個子男學生：「他是老么，等他大學畢業了，也要到外地發展，這老屋就真的剩我一人了。」

祠堂裡擺了三個圓桌，鋪著紅色塑膠布。每一桌十二副碗筷盤匙。

我說：「一下來這麼多學生，把阿姆累壞了。」

「沒有！」婦人忙著倒茶，回頭說：「都是鄰近的歐巴桑一起來幫忙的。她們還在廚房裡準備菜呢！」

果然大灶間熱呼呼地有五、六名婦人忙來忙去，見一大票學生來說「多謝」，忸怩不安地擦著一臉油漬的汗，堅持著要學生到庭院去玩，別擠在灶間了。

（我踱步的地方是在光亮與陰暗的交界嗎？我看見剝筊白筍的女人的手，在泡著水的鋁盆裡撈起一大把綠色的筍皮。她的手又以驚人的速度摺疊著冥紙，準確而毫不猶疑，那一疊冥紙，不多久就鬆鬆成為一落在風中搖晃的蓮花座。）

灶間有各種動物和植物的氣味。用大刀切著細嫩薑絲時的清辛，帶著芳甘的水氣。蔥是有著嗆味的，鋪在魚的腥味上恰巧綜合了。熱烈的花生油在大鐵鍋裡沸騰，一大把拍碎的蒜頭丟進去，蒜的辛辣嗆沖被熱油炸成一陣焦香，一縷飛捲著的白煙裊裊散去，使灶間的氣味更混雜了。

也許是削去粗皮的絲瓜，透著如同蛇一般冷涼的體溫。

但是，砧板上一塊始終沒有被處理的豬肉，在仍透著血色的溫吞吞的木訥裡，彷彿回憶著曾經有過的軀體，有過的痛或滿足的記憶。將被剁碎，或者切成薄片，或者斬成大塊？一旦沒有了可供回憶的軀體，它無辜而且茫然地坐在砧板上，等待下一種狀態。

（我們在等待哪一種狀態呢？）

在那個叫集集的小鎮，我能夠記憶的還有你嗎？在飽足的飯後，我有些酒醉了。學生們躺在祠堂前的曬穀場數星星。我說：別做那麼庸俗的事好嗎？然後，有黃狗吠叫了，我被人扶站起來。他們說：你看！你看。

我看見闃暗的稻田（在暑熱消褪的夜晚透著彷彿熟飯的香味），稻田的田陌上遠遠閃著手電筒的光，一點一點，從散在田間的幾處走來。

我聽到了婦人們的吆喝，聽到了此起彼落的招呼。

婦人說：「都說我們家來了三十多個人客，被子一定不夠，各家便都打著電筒送棉被毯子來。」

（在地動山搖的時刻，少年，我覺得毀滅的時刻裡有過你深厚的照顧，有過香案上裊裊上升的煙篆的祝福，有過在巨大地殼移動板塊擠壓時不可遏止的淚水。如同剛剛出離千山萬山的濁怒的水溪，到了平曠的土地，有千般眷戀，有千般流連，有千般叮嚀，有千般纏綿。）

原載一九九九年十一月十五日《自由時報·自由副刊》

攝影／翁翁

少年
水里

大地的泥土快速旋轉，
造化伸出雙手，拉扯、擠壓、形塑，
且在順著山坡砌築的似蛇長窯中，
燒出生命的各樣姿態。

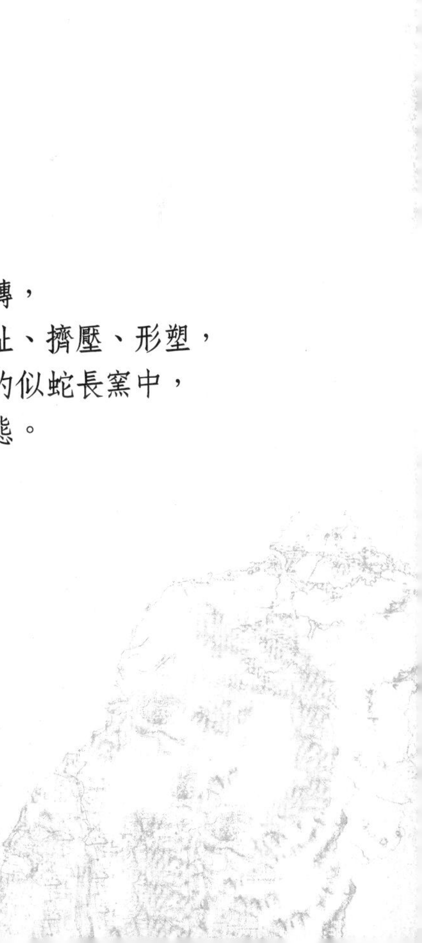

老師父粗大的手在黃泥的圈窨裡攪拌，有時連腳也踩進去，一身都是泥。

「這一帶都做大缸，都是親戚，你們每家隨意看罷。」老師父跟大夥兒說。三十幾名年輕學生便散開了，三三兩兩在村落裡串出串進。

（我在哪裡？在有寬大葉子的欖仁樹下坐著的一隻黃貓，彷彿笑著，眼睛瞇成一條縫，顫危危地抖動嘴邊的鬍鬚。我以為牠守候的是一條等待剔食的魚骨，結果卻是一隻彩色粉蝶的屍體，被一群螞蟻悄悄抬著移動。）

黃泥被揉成一大團，像一尊佛，端端坐正在像蒲團的轆輪中央。老師父端詳著面前這一堆土，好像看著自己的一生。只有幾秒鐘，沒有幾個人發現，像是儀式裡最慎重的默禱。

儀式過了，他用右腳的腳掌在轆輪的邊緣一推，轆輪像著了魔似的飛快旋轉起來了。

中央那一堆像佛的黃土，也跟著旋轉了起來。

老師父好像等待獵食的獸，一剎那間高聳起肩膀，兩隻粗厚的大手直直插入泥土中。

（使我恍惚想起神話裡用手劈開海水的先知，原來，有一種手的力量，真正是可以移山填海的。）

在急速旋轉的泥土中，他粗厚的大手成為穩定的軸心。泥土柔軟濕潤，彷佛剛剛綻放的花的蓓蕾，一瓣一瓣向外展放張開。

（花是在那麼急速的展放與死亡之間，連續把自己完成的啊。）

泥土的形狀不斷改變，是在手的拉扯和擠壓間變化。但是因為速度很快，反而不覺得手在用力，只感覺到老師父寬厚的背膊都高聳拱起，好像力搏野獸般的用勁。他的手卻只是輕輕觸碰著泥土，泥土如同有了符咒的力量，開始向上旋轉。

一具大缸底座的容器空間逐漸形成了。底座直徑大約三十公分，器壁四周微微向外張揚，構成細微的弧線。

拉坏拉到大約三十公分左右，老師父停止了。他把推動轆輪的右腳擱下，兩手收回，安靜地端視著剛剛成形的大缸粗坏，和他的體形一樣，重大厚實，很難動搖。

「底圈要放在屋腳陰涼處陰乾，等土質穩定了，再用泥條盤築的方法接續上半部。」

老師父搬來一座已經陰乾好的缸底，另外揉了一團土。把土扯成手臂粗的泥條，在底座的上緣快速地盤築起來。泥條像蛇，盤踞而上，逐漸堆高，完成了一隻高有六十多公分的水缸。

「現在沒有人用這種大土缸了。滿街都是塑膠缸，又輕便，又便宜。」

老師父一面修整缸緣的泥土，做出一圈弧形的器邊。又用蓆子襯墊在泥土表面，右手執木槌。輕輕在還潮濕的器表拍打，使原來條狀的泥土融合成一片，泥土的表面也印上了一條一條編織的蓆紋。

「那為什麼還要做？」

「不做這個，做什麼呢？」老師父攤開染滿黃泥的大手，憨直地笑著：「從十六歲學做缸，四十多年了——最盛況的時候，一天做四百個粗胚，遠近都誇耀讚美說：是能幹的師父。」

他又揉了一堆土放在轆轤上，自言自語地說：「不做這個，做什麼呢？」

（黃貓身上有虎的斑紋。在螞蟻抬著一隻彩蝶的屍體移動時，牠瞇著眼，彷彿沒有看見，兀自笑著。紫色木槿花在夏日的風裡輕輕搖動。有人的聲音從窗口傳出，遠遠的，覺得是在斥罵孩子，又像是叮嚀丈夫到鎮上買什麼東西。黃貓豎起耳朵聽了一會兒，睜開眼睛，看著漸行漸遠的蝴蝶的屍體。也許是夏天午後常有的陣雨將至，遠處雲間傳來一陣陣低吼般的沉悶的雷聲。）

整個村落裡都是缸。大大小小的缸，重重疊疊，一落一落堆成高山一般的缸。有的用粗草繩綑紮，有的大大小小套在一起。有的歪倒了下來，砸碎了，壓裂了，散置在院落，街道，斜斜的山坡上。

木槿一叢一叢開紫色的花，也夾雜著美人蕉，黃的、紅的俗豔色彩，招來四處飛舞的彩蝶，鑽進花裡，蠕動著，吸食著甜膩的蜜。

一名十六歲姓潘的少年站在堆滿了缸的土坡上。手插在腰間，躊躇自滿地俯看濁水溪的源頭從高山間遠遠流來。

夏季的河流淺灘處露出大大小小的河床，河床上滿是卵石，叢生著雜草。水流不大，在卵石間形成清淺的水塘。牽牛的兒童仰躺在卵石地上看天上的雲。雲飄拂過的影子，每一朵都像水牛的動作，而真的水牛泡在水塘裡翻滾，使一塘水都變成黃泥般混濁。

從斜斜的土坡上下來，老師父肩膊間特別巨大的關節骨骼架子，特別厚實有勁的肌肉，使他走路的樣子也蹣跚如一頭身軀笨重的牛。

他走進無數大缸堆到天際圍出的小路，他滿意地看著，一直堆到天頂都是缸，一直延長到天邊都是缸，他聽到大缸裡一些寄食的貓的爭吵聲。躡手躡腳，他輕輕走近，一跺腳，把貓嚇得一陣煙逃竄而去。

老師父獨自哈哈大笑，兩手插在腰間，又看了一次缸的上方一條窄窄的、但顏色藍得彷彿滴得出水來的故鄉的天。

原載一九九九年十一月三十日《自由時報．自由副刊》

攝影／翁翁

少年南王

太平洋的風趕著上岸，
只為在卑南山下、檳榔樹旁，
聽朗澈的歌聲，好久沒有敬我了你，
這裡叫普悠瑪，原音的故鄉。

離海岸不遠的地方，大山就陡立了起來。山和海這樣接近，使可以居住的土地非常狹窄。

所有的檳榔樹都筆直向上，沒有橫生的枝椏；從海岸邊一直延伸到稍有斜度的山坡，都是長長的檳榔樹。

再高的地方，全是巨石矗立，沒有植物可以生長，石隙間被覆著薄薄一層堅韌的綠草。

站立在檳榔樹間，可以遠遠聽到海浪擊打岩石的聲音，洶湧澎湃，是整個太平洋巨大力量的拍擊，使島嶼猛然直直站立起來，彷彿要努力和那擠壓拍打的力量對抗。

（鞭敖夫，你一定不記得你在教堂中捶胸頓足痛哭的那個夜晚罷！你嚎叫著：神啊，神，你為何遺棄了我。你像一隻狼，又像一頭被激怒的山豬，拱起如山一樣的肩膊，捶打自己的胸膛。）

這裡其實是非常寧靜的山村，只要稍稍避開東部縱貫線的車道，村落裡通常只有在檳榔樹的陰影下坐著發呆的老人和躺臥在老人腳邊的黃狗。

「鞭敖夫是一個不快樂的少年，鞭敖夫已遠遠走開了他的家鄉。」

我經過這個村落時特意繞去鞭敖夫的家。

他的母親以奇特的語言向我解釋有關鞭敖夫的近況。她黝黑蒼老的臉上有很深的皺紋。

她的奇特的語言使我尷尬；包括那語音的彆扭，文法的破碎，辭彙的怪異。但我不知如何是好。我知道所有我能使用的語言對她來說都是「外來語」。她會說日本語、北京語、閩南語，但也都是破碎的。那些語言陸續進入她的村落，一個接一個，她和她的族人都迅速吸收；也許吸收得太快罷，變成一種混雜破碎的組合。

「耶穌基督會照看他。」她這樣說。

鞭敖夫雄壯的胸口一直掛著一枚閃亮的金屬十字架，他是從小受洗的，很受村落裡加拿大籍的傳教士的疼愛，傳教士叫他「湯瑪士」。

星期天的早晨，村落異常安靜，連檳榔樹下的老人也不在，整個山村彷彿死去一般寂靜，黃狗看著一片掉落的檳榔葉發呆。

風吹動時，葉子在地上旋轉，颳著地，沙沙作響。黃狗凝視著，低低吠了兩聲，發現葉子似乎並無敵意，便繼續躺下睡覺。

建在村落底部的教堂，比一般的房舍高一點。前門有一塊用扶桑花圍籬成的廣場。教堂的牆壁漆成白色，靠近屋頂的地方漆了一圍藍色，加上屋頂上一座十字架，在村落中就是醒目的標幟了。

在星期天早晨，整個山村死寂的安靜裡，從任何角落都可以聽到教堂緩緩的風琴聲，好像很老很老的男人的喉音，一種疲憊而又奮力鼓動共鳴箱的聲音。

陽光在檳榔樹最高的青黃色葉尖上跳躍，從大片海洋上反射起來的陽光，越來越亮，配合著慵懶的風琴的聲音，使整個山村彷彿沐浴在一種慵懶的寵愛與賜福裡。

懶洋洋的風琴彈奏持續了一會兒，開始有人聲參加進來，男子和女子的聲音，小孩的聲音，高亢清亮的聲音，寬厚低沉的聲音，伴隨著風琴，在一整個寂靜的山村裡流盪著。

（你要尋找什麼？鞭敖夫。你如一頭被圍堵激怒的山豬，憤怒地哮叫著。你在村落的巷弄中奔跑，大聲叫著：妹妹，妹妹，妳在哪裡？你在村落短牆後面發現三、四名男子，手裡還拿著妹妹和幾名少女的身分證。你發怒了，拿起鋤頭，追趕著分開逃逸的男子。你跳起來，用所有你會的「外來語」叫罵著這些買賣少女的人渣，你用鋤頭猛猛敲擊他們的頭。任何人都拉不住，鋤頭打下去，男人的臉噴出鮮血，噴在你的臉上，噴在你胸口閃亮的十字架上。你氣喘吁吁，想不起來該用什麼語言痛罵這些惡棍。忽然有人說：快跑罷，鞭敖夫，警察要來了。）

有關一個殺人少年的故事在小小的南王村流傳了一段時日。特別有人記得他寬闊的臉頰骨，曬得黝黑的皮膚，明亮澄澈的黑白分明的眼睛。有人記得他發育得特別壯大的身軀，他如一堵牆一般的厚厚的胸背。

有人記得他前胸的那一枚閃亮的十字架，染滿了鮮血。有人記得他跑進教堂，捶胸頓足，用鋤頭劈打著神壇，大聲吼叫著：神啊，神，為何遺棄了我。

特別圓的夜晚的月亮，從檳榔樹的尖尖葉梢上升起。明亮潔白的月光使小小的村落更顯寧靜整齊。

騎著摩托車的加拿大籍傳教士彷彿熄了引擎的火。車子像滑行一樣無聲地駛過教堂前的廣場。他回頭看了一眼明淨的月光下開得特別豔麗的扶桑花。很鬼魅的暗紅色，一朵一朵，也像血跡，使山村的記憶變得有點傷痛而且不祥。

他囁嚅著因為衰老而乾癟的嘴唇，好像在叫喚一個名字。

是「湯瑪士」嗎？

他全白了的稀疏的頭髮，在月光下發著銀光。

他記憶的那個少年是有著和善的笑容的，血色紅潤的嘴唇，雪白健康的牙齒，在球場上特別有彈性的充滿活力的身體。

在月光下，那個球一直跑遠，少年的背影也越來越遠。

遠到山坡的高處，少年忽然回過身，頭上戴著山豬皮和山豬牙鑲飾著貝殼的美麗頭冠，上身赤裸著，下體圍著黑色纏紅黃編織的腰帶。

他露出一口白牙快樂地笑著，大聲說：我叫鞭敖夫。

原載二〇〇〇年一月號《聯合文學》第一八三期

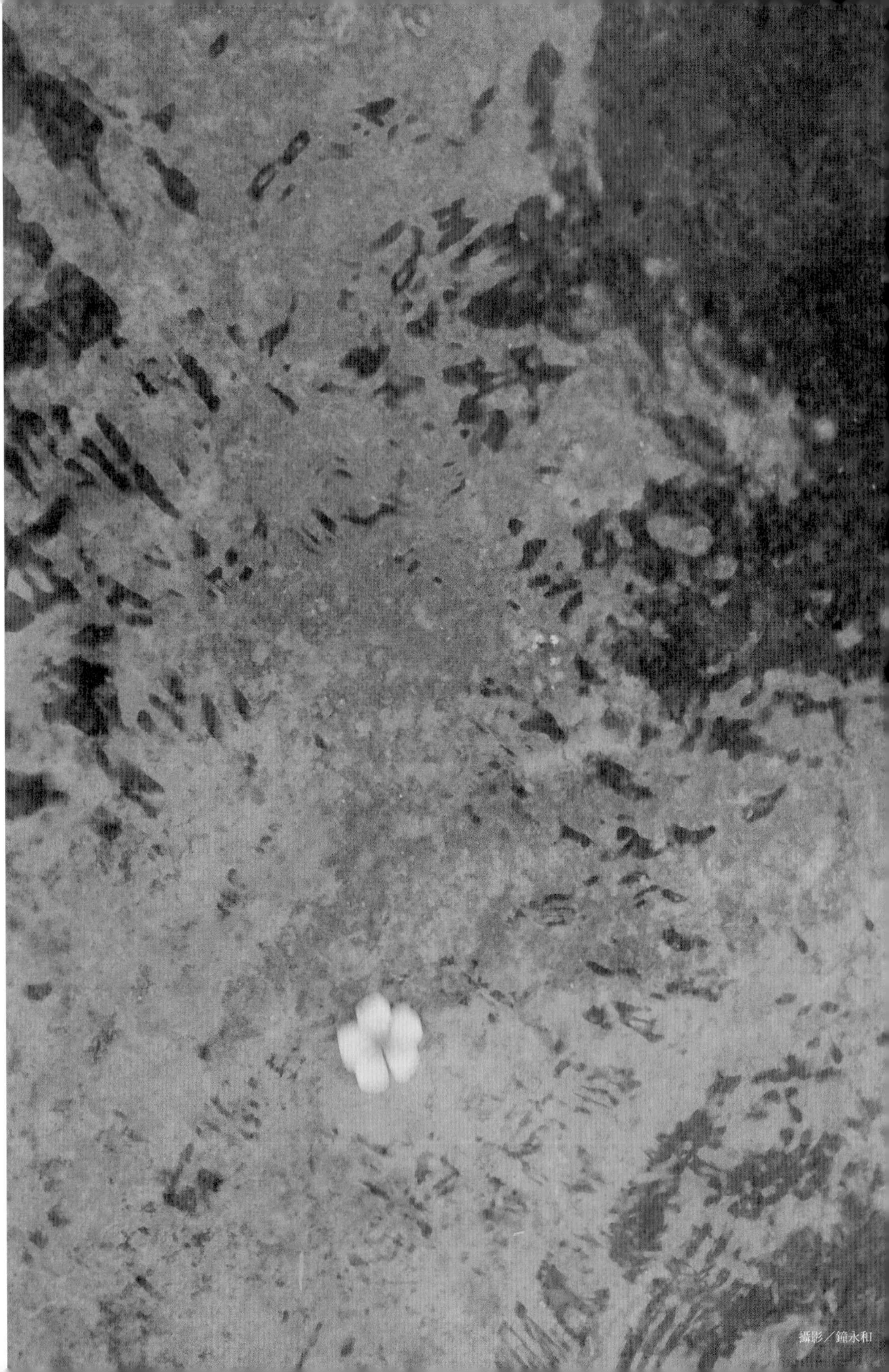

攝影／鐘永和

少年望安

天人菊、瓊麻、古宅生了根，
飽儲水分與情感，島嶼大大小小，
視野皆潔淨，遙望殷殷的祝福，
在天之涯、海之角。

人們稱呼這裡為「離島」。

但是，它並不是一個孤立的小島。

它與數十個大大小小、有人居住或無人居住的島嶼，形成海洋中一片島嶼群。

島嶼群海拔很低，幾乎沒有高山。冬季吹過海峽的季風毫無阻擋，使植物難以生長。

一些極度耐旱、耐乾、耐風的植物在這裡才生了根；像仙人掌、天人菊、瓊麻。

那個研習島嶼生態的學生說：這裡生長的植物，都必須在炎熱的陽光和乾冷的風中努力貯藏水分。

也許因為沒有肥碩茂密的植物，島嶼的視野非常潔淨，可以眺望到很遠。

看到陸地和海洋連接的線，看到一點微微起伏的線，像躺臥著的女子的軀體；看到高而藍的天空，在夏季時一點雲都沒有。

陽光使人暈眩，彷彿走進一個沒有聽覺的世界。

（蹲在石砌的矮屋牆角陰影下，一個乾瘦的中年女人，在地上鋪了一張報紙，報紙上一堆帶殼花生。向偶爾過路的遊客說：買花生。）

因為每年十月後一入秋冬，海面季風強勁，島上大部分靠海維生的漁民被迫停止作業。

長久以來，島上的居民便習慣於在季風期的半年中前往鄰近的海港，依靠短工或零工的方式賺取生活。一旦有較穩定的謀生工作，就逐漸在繁榮的港都定居，不再返回島嶼，形成了這個小小離島的移民潮。

望安，便是有眺望盼望的祝福之意罷。

在天氣晴朗的時候，在島嶼高處叫做天台的地方向東眺望，浮游的海氣上隱隱約約，抱著孩子的婦人指指點點，彷彿那就是男人前去打工的所在，彷彿那就是夢想中繁華的港灣。

從天台一路走下來，近海的岬角上就有可以奉祀神明的廟宇。

婦人從陽光明亮的戶外進來，廟宇黝暗陰涼，雕花的窗透進幾線陽光，香爐裡猶自冒著上一個婦人點燃仍未燒完的香煙。

（你從碼頭的水泥鋪設小路一路走來，黃昏的夕照的光，雖然每天都一樣，仍然使你訝異。一圈圓圓紅紅的落日，像一枚哭得紅腫的眼睛。許多詭異的紫、紅、藍、灰，在金色扎眼刺眼的光線裡，交替、變幻、閃爍。）

島嶼各處都聞嗅得到魚的腥味。許多甫經撈獲的一網一網的丁香魚、魩仔魚，成片成堆曝曬在廟宇前的廣場。

婦人哭哭啼啼牽著孩子的手走過，一群嗡聚在魚屍上的蒼蠅，即刻飛散，似乎有點戀戀不捨地在空中盤旋。

等待婦人的哭聲漸漸遠去，孩子獨自一人仍兀立在廣場中央，蒼蠅又一一降落，密聚在濃郁的魚腥的屍味上。

（我需要一種遠離你的寂寞罷。）

瓊麻的花一寸一寸抽長，在那麼粗糙堅韌的身體裡抽出一寸一寸柔軟的花莖，開放出一串一串月白色的花朵。

瓊麻的纖維粗硬結實，是漁民用來製作纜繩的材料。在飽含鹽分的空氣中，乾燥炙熱的烈日，讓植物的內在緊密糾纏成一絲一絲拉扯不斷的細線，如鐵絲一般。

瓊麻寬厚的葉瓣，在乾枯腐爛之後，仍然有牢固的力量。製作瓊麻的工人，把葉瓣放在岩石的平台上擊打。

粗重的木樁打下去，打出黏稠濃綠的漿汁，帶著鹹辛的烈味。

（身體最柔軟，最飽存水分的部分都被重力的壓榨去除了，剩下的會是什麼呢？）

一縷一縷像死者的長髮絲一樣的瓊麻纖維曝曬在海邊的岩石上。

漲潮的時候，被海水浸泡，退潮以後，被烈日炙曬，瓊麻變粗變硬，變成最能抵抗侵蝕腐爛的最後的纖維。

撮成一綹一綹，好幾股交纏在一起，像最健康的少女頭上的髮辮，可以繫住一艘載滿漁獲的船隻，可以在船舷的邊緣，在碼頭的栓茅木樁上磨蹭而不斷裂。

新來的年輕學生，已經分辨不出瓊麻與仙人掌的不同了。

小孩一路踢著圓圓的石，一路跑下海去，他不記得童年時有一天為什麼母親哭過，在許多小魚乾屍體的廣場，他站立著，聽到哭聲，看到一群蒼蠅嗡嗡在頭頂飛旋。

在天台的最高處，當遍地的天人菊生長成一片的時候，微微的海風撒播著蒲公英的飛絮。

一種島嶼上特有種的雲雀盤旋而上，隨著啾啾的叫聲，從貼近地面的高度一直往上竄升，到了連仰望著的人脖子都痠疼的時候，已經小成一個黑點的雲雀的身體，忽然如一顆石頭，直接下墜。「快要撞到地面了！」在旁觀的人要驚叫起來的時候，雲雀像惡作劇一般，忽然展開翅膀，離開了地面，繼續向上飛起。

有人說這是島嶼上雲雀的遊戲，也有人說是為了求偶，必須用特技一般的飛旋和勇敢的墜落來吸引繁殖生命的伴侶。

（在你漸漸去遠的時候，能夠記憶的似乎只剩下你頸項上的一顆黑痣。）

在我潛泳到海域深處的時候，那些五彩繽紛的熱帶魚盛裝華麗，牠們告訴我一個遺忘在島嶼的夏季，如此繁華。

許多彩色斑斕的燈飾，許多經過刻意裝飾過的明亮的魚的眼睛，在絲緞般的閃亮，金屬與寶石的光的相互交映裡，和海底的珊瑚，螢綠的水草，閃爍著珍珠光芒的貝殼，和蝦蟹的特異鬼魅的造形，以及每一片透明的魚的鱗片，一同沉入不可記憶的底層。

我，在最柔軟的沙地上沉沉睡去，連同童年時母親的哭聲，都已闃寂至死。

（我竟沒有說一句告別的話。）

原載二〇〇〇年二月號《聯合文學》第一八四期

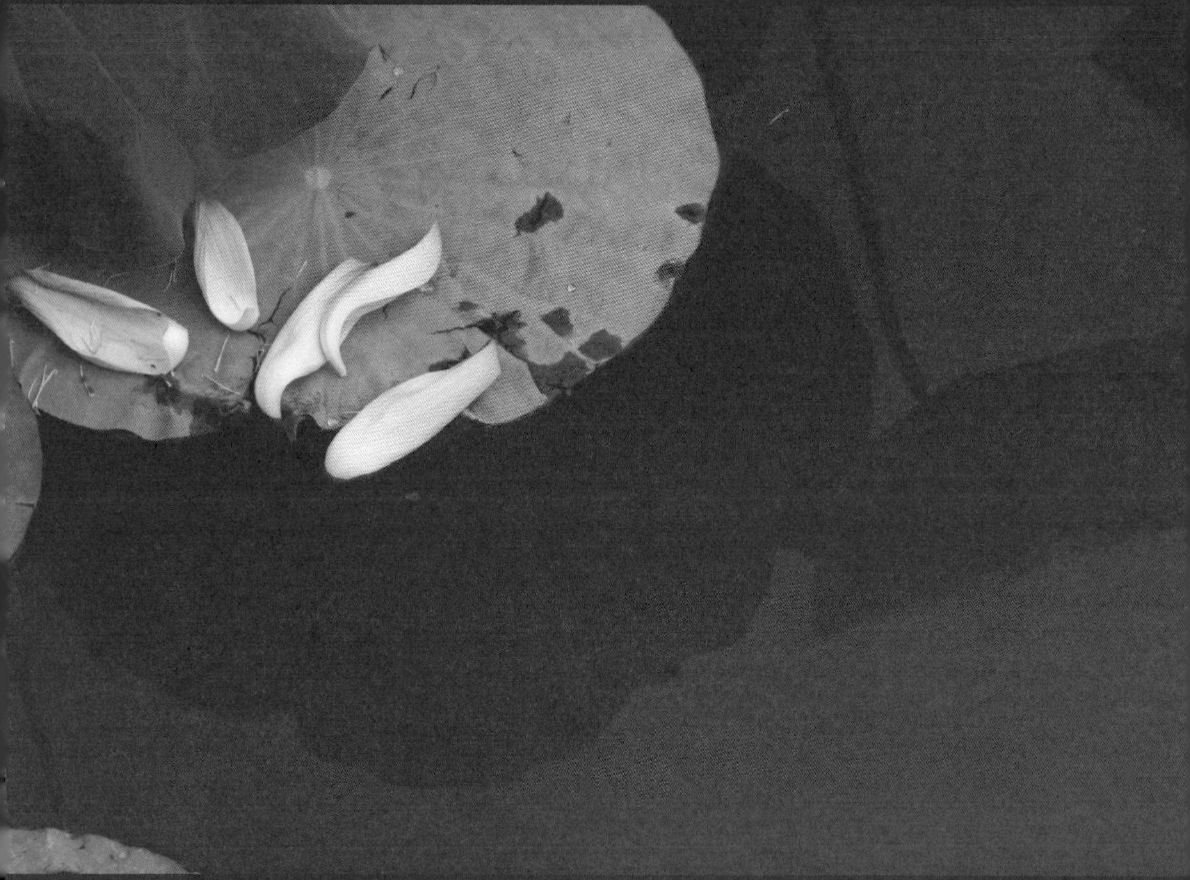

攝影／梁鴻業

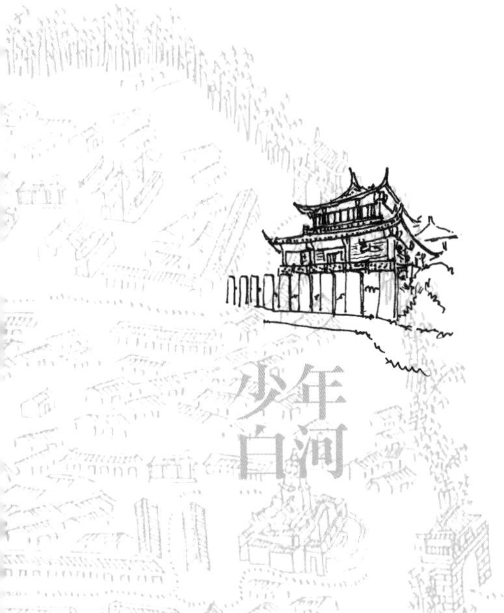

少年白河

汗珠在少女的肌膚上成熟，
蓮花於金黃陽光下綻放，
南部的小鎮是制服的白，
蓮葉何其田田，綠色光影頻頻眨眼。

一條筆直的路，路的兩邊是整排的芒果樹。粗大的樹幹，臨馬路的一邊，怕妨礙交通，低處橫生的樹枝都被截斷。樹的枝葉密密集中在頂梢。隔著馬路，兩排樹梢連接成濃密森鬱的樹蔭。像一條綠蔭蔭的幽靜隧道，把火烈炙熱的陽光篩成一小片一小片金色的圓點。

騎腳踏車過去的中學生抬起頭，瞇著眼睛，看樹葉間隙中閃亮的金色圓點。濃密的樹葉間夾雜著一枝一枝向下垂掛的芒果。

還很生澀初初結成的芒果，像一根一根小童手指，比樹葉的顏色淺一點，青青的，中學生嚥一下口水，好像感覺到青芒果辛烈刺激的酸味。

（母親用淺青色的粉筆，在白布上畫出幾條線。覺得不確定，又拿起來在女兒身上比一比。女兒的肩膀更寬了。她低頭偷窺了一眼女兒的胸部。忽然覺得兩頰發燒。好像害怕女兒發現自己臉上的紅暈，急急說：好了，去做功課罷。隨即用兩枚大頭針別在布上做記號。等女兒離開了，她拿著剪刀，望著兩枚大頭針發呆。「那是女兒的肩寬啊！」她兀自感嘆著。一刀剪下去，聽到「喀嚓、喀嚓」金屬和布匹絞剪的聲音。

白布剪成了一個人形，有領口，有兩肩，有腋下，有對襟的胸口，有她刻意絞成微微弧線的胸線和腰身。）

所以那個夏日的小鎮是妳初初長成的記憶吧。

彷彿一把冰涼的剪刀，沿著溫熱赤裸的肉體剪去。她感覺到剪刀冷冷地貼著肉，貼著頸脖和肩窩，微微的酥癢冰涼。

她想笑，但又有點害怕。「母親的剪刀，會不會剪到肉啊！」她這樣想。母親似乎很篤定，用皮尺量了肩寬，量她的胸部。她呼吸急促起來，覺得皮尺綳得很緊，綳得透不過氣，覺得要窒息了，額頭上冒著輕微的汗。

（當父親漸漸走遠的時候，聽到母親那一架勝家牌的縫衣機格登格登響起來。縫衣機的針在布匹上「嗒！嗒！嗒！」打下細密的針腳。）

「關於戶口稽核的事，派出所的員警在準備資料，日子確定了，先把通知發到每一戶去。」父親是小鎮上受尊敬的警察，他騎著腳踏車經過鎮上時，兩旁的攤販都向他致意：「李桑，坐一下。」

但是父親是道貌岸然的。他的老舊的卡其制服，黑色皮鞋，頭上的一頂大盤帽，都沒有改換過。

他在小鎮上，像那條筆直路旁的芒果樹，是永遠不會改變的畫面。

他騎腳踏車上班與下班的時間，也都天長地久，固定不變。

他像一張照片，一直放在電視機上的一張黑白照片，有一天發現了，用手拂去上面的塵灰，才發現父親已經退休，已經逝世，穿著那一套卡其制服火化。

（「母親啊，小鎮什麼時候種起荷花來了。」）

好像在許多冥紙的火光裡飛升起來的荷花。一片一片，一朵一朵，一瓣一瓣，漫天飛揚開來。

路邊仍然堆著一垂一垂肥碩的芒果。青綠色的厚皮上滲出許多黑污的黏稠汁液，結成斑漬，非常黏手。採收的人一身都是芒果的氣味。他們脫去了上衣，身上皮膚曬得黑亮黑亮，在炎熱的季節，芒果的氣味和男人肉體上汗的熱味一同蒸騰著。一種強烈的夏天的氣味，一種原始的肉體的氣味。到處留著濃黃黏稠的汁液，留在白棉布衣服上，洗都洗不乾淨。

（她搓著肥皂，泡沫一堆一堆冒起來，水裡有肥皂的鹼香味，很像夏天冰在冰塊上的糯米粽子。而母親的剪刀剪到腰際了。冰冰涼涼的金屬，在那麼怕癢的腰的兩側貼著皮膚上上下下。「不要那麼貼身罷！」她央求著。「不要那麼貼身。」她希望自己是在肥皂泡沫中慢慢恢復清澄的河水。泡沫都流走了，河水漂著潔淨透明的白棉布。沒有一點污漬的白棉布，一個夏天的芒果和男人肉體上的氣味都流去了。）

「我要在下一個車站下車。」

她跨過一簍一簍的蓮蓬，裙子邊被竹簍掛著。她彎下腰解開。婦人忙移動竹簍，陪笑著說：「失禮，失禮！」

許多不認識的婦人坐在街邊剝蓮蓬。

（如果這時父親騎腳踏車格登格登經過呢？）

她看到婦人坐在陽光下，頭上戴著斗笠，手指敏捷，動作迅速地把蓮蓬剝開。蓮蓬中掉出一粒一粒飽滿圓肥而且潔白的蓮子，好像剛洗完澡的肚臍，露著好奇似嬰兒的頑皮眼睛。

蓮子剝淨了，放在一隻大鋁盆裡。婦人們取笑著，說那像一粒姑娘的奶頭。

一名閒坐無事的歐吉桑覺得這是淫猥而且不倫不類的比喻。婦人們因為歐吉桑的憤憤，越發放肆爆笑起來，並向歐吉桑調情起來。

歐吉桑生氣地離去。

她獨自一人一直走到荷花田的小路中。已經是夏末秋初，但是天氣依然燠熱。亮烈的陽光照在荷葉上，荷葉一片一片形成各種變幻不定的綠色的光影。

蓮蓬已經採收了，但是似乎還疏疏落落開著一些豔粉色的荷花。花朵襯在綠色的荷葉上，隨風搖曳。

歐吉桑咂咂嘴，好像要讚嘆，也似乎找不到適合的句子，只好繼續站在花田間抬頭看荷葉的綠，花的粉紅，天的湛藍。

「怎麼荷葉都這麼高啊！」

一個中學生遠遠走來，白色的制服上映滿綠葉的光影。她喜悅地仰頭看上面重重疊疊的荷葉，忽然看到父親在花葉的另一端凝視著她，蒼老而且臉上看起來有點怒氣的父親，使她吃了一驚，她下意識把書包抱在胸前，趕緊擺擺手，她身後那正要靠近她說話或做什麼的男學生便一溜煙跑了。

原載二〇〇〇年三月號《聯合文學》第一八五期

攝影／鐘永和

少年野銀

蘭嶼太小，每個村落都近海；
人也太近海了，胸膛與海浪同其呼吸；
將獨木舟推入海，歡呼聲太過狂喜，
飛魚紛紛躍出水面。

小島的南端有碼頭，乘船的遊客在這裡上岸，飛機場也在這裡，碼頭附近有幾間漢人開的商店。售賣雜貨、日常用品，也兼營一個簡陋的吃食攤。

比較堂皇高大的一幢建築是漢人經營的一家旅館；兩層樓的水泥房子，外牆漆成俗豔的藍和粉紅，下層是一排落地的玻璃門。

許多皮膚黝黑，眼眸特別黑白分明的小孩，赤裸著肉肉的身體，在旅館大門處跑來跑去，或者一排趴在玻璃門上向旅館裡面窺伺。

旅館職員不時走來吆喝，揮手驅趕，小孩便像蒼蠅「嗡」地一聲飛散開來。

小島太小了，每一個村落都非常近海。

憂鬱的婦人坐在自家夏日的涼棚上梳頭，黑色如絲緞一般發亮的長髮，一直梳著梳著，好像要梳到地老天荒。

聽到海濤的聲音由遠而近，由近而遠。一波一波，也彷彿天長地久，她只是要堅持這樣坐著，一直梳頭。

年輕的警員抱著一隻籃球，一路拍打，蹦蹦跳跳，走去小學的操場。

警員路過涼棚，看到婦人仍然慢條斯理地梳著頭，警員嘆一口氣，一路拍著球跑著離去了。

四月飛魚季節來臨之前，他們雕好了一艘船。船身用整根樹幹刨空，上了桐油。船舷外側，花了六個月的時間，雕出浮刻的圖像，再一一上彩色。有菱形黑白的格子圖案，有發著亮光染成紅色的太陽，一個圓形外圈是向外放射的三角形光芒。有成串的白色飛魚，好像已被捕獵，掛在樹枝上曝曬。有一排排的男子，頭上戴著銀片鑲飾的盔，赤裸著上身，下襠圍一條長布條，兜著生殖器，繞過兩臀之間，在後腰際打一個結。

︵這不只是一艘船，這是族人生存的故事，他說。在船造好之後，兩端高高翹起的部分裝飾了山雉和其他鳥類的尾羽，迎風飄動。在船下水啟航之前，必須被族人祝福。一艘新船，放置在村落中央的廣場，非常華麗的新船，昂首挺立，顯得神氣極了。族人帶來了小米、山芋、香蕉，堆放在新船四周。「這是要供養船的食物，船和人一樣，要吃得飽飽的，才能出海。」他說。）

小米、山芋、香蕉，越堆越高，淹沒了整隻船。

廣場上看不見船了，矗立著一個小米、山芋、香蕉堆成的小山。只有船頭和船尾高高翹起的部分還看得見，山雉彩色斑斕的羽毛在風中搖曳，好像島嶼黃昏時血紅的夕陽的色彩。

黃昏的霞彩火一般燃燒得如此熾旺，好像要堅持把一碧如洗的天空全部燒紅。

當涼棚上眺望著海的婦人繼續不曾停止梳著頭時，族中年長的男子戴起了銀片製的頭盔，圍坐在被食物掩蓋的新船四周。他們開始以自己古老的語言詠唱起來。

我看到的婦人盤坐著梳頭的姿勢，以及在廣袤無垠的大海與天空間撒野般潑灑得爛漫驚人的彩霞的顏色，都使那老人詠唱時一波一波沙啞的歌聲如同符咒。我漫無目的在村落中走著。發現一些半穴居的建築，用方整的石塊砌成，海的細沙石以及海梧桐一類油綠油綠的海岸植物，使村落看來潔淨而又整齊。

（我遺忘了自己的姓氏，那些強調血緣、傳統、家族的姓氏。也許，你將給我一個新的名字，叫做「瓦央」、或者「瓦歷斯」。使我可以聽懂那些符咒般的歌聲，乘划獨木舟到海浪的波濤中去。或者潛入海底激流，在澄澈的水底看漫游於礁石間五彩斑斕的熱帶魚。）

詠唱圍坐在廣場上的男子，一批一批輪替。從族中最年長的一批，逐漸替換成中年，壯年，歌聲和篝火持續不斷。

天空向東的方位，逐漸透出旭日之前微明的白光，詠唱的男子已換了最年輕的一群，他們赤裸著黝黑膚色的上身，搖動著覆蓋額前的瀏海，聲音雄壯高亢，好像要逼走黑夜，好像要在黑暗的夜色中逼出光亮，好像要從死靜的大海中逼出一輪熊熊的黎明的旭日。

然後，彷彿真的因為歌聲高亢，浩大的旭日終於跳出了海面。大海中跳躍起金黃色的閃亮波濤。男子們起身歡唱，動手撤去了堆積成山的小米、山芋與香蕉，一艘新船靜靜沐浴在晨曦中，光亮華麗，彷彿嬌寵無比的新婦。

青年們吆喝著，一邊十二人，將新船架在肩上，歡呼著奔向大海。

當旭日剛剛離開水面，一面亮堂堂的紅日四射金光，青年們踴躍入海，第一次接觸大海的新船，也彷彿興奮得顛狂跳躍，隨著波濤上下左右搖晃，青年們一一攀上新船，高唱著嘹喨歌聲，開始了這艘船捕撈飛魚的首航。

（我是翻越島嶼中央的一座高丘抵達野銀村的。第一位在島嶼上行醫的L醫師指示我走這條路。站在遍生著野芋和狗尾草的山坡高處，他指給我看山腳下房舍整齊的村落。他說：族人們極恐懼死亡，避諱到醫療所，所以他常常騎摩托車到各村落，挨家挨戶尋找重病而不就醫的人。「不是『搶救』病人，而是和家屬『搶奪』病人，把他們盡速送到醫療所治療。」他笑著說。）

掛在竹竿上被烈日炙曬的飛魚，薄而透明如紙的身體，映著陽光，可以清晰看見齊整對稱的魚骨。

觀光客拍了許多照片，當他們準備離去的時候，才發現那名一直坐在涼棚中梳頭的婦人，如此憂鬱地望著大海。婦人專心一意，不準備有任何改變。在小島如同洪荒的年代，或者，小島成為鄰近政府置放含輻射的核能廢料的年代，她一頭如絲如麻的黑髮，長長披掛下來，手中篤定地握著一柄梳子，規律地、緩慢地，永不放棄地梳下去。

那個名叫高世光的警員，依然在黃昏時卸除了公務，換上線背心，短球褲，露出肌腱壯碩的肩膊手臂，從派出所一路拍著籃球，跑去小學的操場。當他經過梳頭的婦人時，總忍不住有感傷惋惜，但日子久了，他心裡盤算的已是除役調職，離開這總是使他心裡發慌的小島的時間了。

原載二〇〇〇年四月號《聯合文學》第一八六期

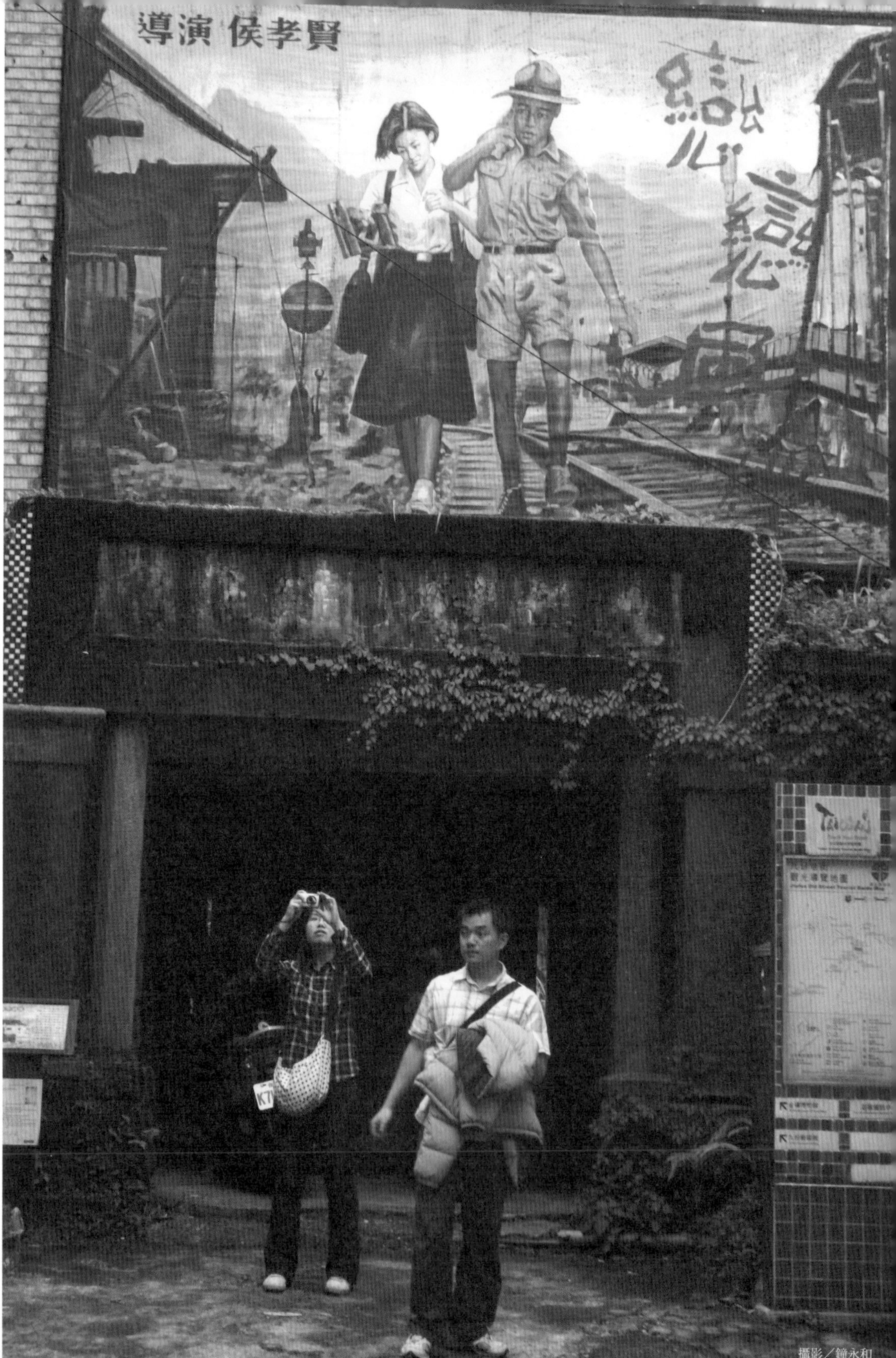

攝影／鐘永和

少年九份

繁華與消頹起於金礦，
重生或俗豔全因觀光，紆曲盤旋的路，
通往再熟悉不過的山城，
但沒人厭倦啊！
遠瞰的海景沐浴著洗鍊的光。

石塊砌磊起來的階梯，構成窄長陡斜的巷道，紆曲盤旋在山坡上。一幢一幢石頭砌建的房屋也迂迴次第依山路修建，形成島嶼東北角上一個景觀獨特的山城。

這原是一個僻遠的山區。冬季從東北端吹來的季風，使山區長期陷於潮濕陰雨的寒冷氣候，並不宜於居住。

在世紀初，由殖民者發現的金礦，一度使山城變得繁榮起來。

被雇用的淘金工人，以及前來冒險的野心者，共同創建了最早山城的規模。因為金礦而致富起來的居民，特別有一種揮霍財富的豪邁。

山城陸續開設了酒家、餐廳、賭場、戲院，使身懷黃金的粗獷男子們的生理和心理都有了紓解的場所。食物、性、女人，以及對不可知的幸運與不幸的押注，使小小的山城有著亢奮激進的野性，有著在淘金者與賭徒之間的夢想與幻滅性格。

淘金的夢想果然沒有維持很久。在金礦礦脈迅速枯竭之後，淘金者陸續離去。山城原來盛極一時的餐飲業、性交易的行業，以及賭場，都因為失去主顧突然沒落式微。

（多年後，當你走上已略顯傾頽的階梯小道，數度踩到滋蔓的青苔，稍不慎重即可能滑倒。已處處顯得荒廢的宅邸，猶有斑爛的彩飾雕花，想見當日曾經有過的一度繁華。你雖步履維艱，仍一路彳亍而上。並時時停下腳步，遠眺山城腳下靜靜沐浴在海洋中的島嶼海岸，犬牙交錯，在山嵐霧氣縹緲中光影迷離。恍然山城某處仍暗藏富有金礦，在淘金者陸續去盡後，才綻放了明亮的光。）

或許你相信，所有山脈間隱藏的黃金，都已隨大雨沖刷，流入大海，在黃昏時分，山城的每一個向西的斜坡上，都可見沉靜如黃金一般的大海，使原來匆忙走在山坡階梯上的行人，都一一停下來看望與讚嘆。

也許是在將近一百年的荒廢中，繁華有機會沉澱成一種真正的富裕罷。

在轉上石階的時候，撐著傘的人正抱怨春雨連連，遍地都是濕嗒嗒，卻從傘下看見了廢棄院落一株雨中的櫻花，開得爛漫繁盛。淺淺的粉紅色，紛飛的花瓣，映著飄散飛揚透明的雨絲，映著雲隙間飄忽不定的光影。

撐傘的人停步在石階上，不能確定這是敗落荒涼廢棄的山城，還是欣欣向榮正逢春日繁花盛放的山城。

他有一點覺得要喟嘆，卻終究還是大踏步走上石階去了。

（為什麼會選擇這裡？他歪著腦袋想了一下。）

在男性中，他是個子特別矮小的。圓圓的頭顱，憨憨的笑容，帶著十足的孩子氣。常常脫去了鞋襪，在石階上奔跑著。

「好像是前世的什麼記憶召喚著罷。」他這樣想。

覺得有一名穿著粉紅底小白花旗袍的女子，臉搽了粉，白撲撲的，站在戲院前，好像在電影就要開演前，焦急等待遲到的朋友。過往的遊客都在看她，說不出為什麼這個單身的女子，穿著過時的服裝，又這樣盛妝著站在戲院前。

他刻意抬頭看了一看戲院上面懸掛的巨幅看板。

（啊！闃暗的影院中流動著如此虛幻的一道白光。他四處張望，在許多如鬼影般的人頭上，那一道白光投射在銀幕上，映照出一張白撲撲的女人的臉。幽怨地含著淚水，眨著黑亮的大眼睛，表演著離別前與愛人的難捨難分。）

現實的世界裡都如此難捨難分嗎？

他想請那女子不要再等了。他想說：都開演三十分鐘了，要來早該來了。

在特別連連不斷的春雨裡，屋簷上的雨滴答滴答。沿著屋角，一灘一灘積水的坑窪。好像穿著木屐的腳喀嚓喀嚓走在石板的階梯上。

沒有人記得淘金的工人陸續離開以後，山城的春天是否仍然如此陰雨連連，只是確定斜斜的山坡上一株一株白茶花仍如往常開著繁盛的花。白色的花被油綠油綠的葉子襯著，花瓣上沾著雨珠，細細地，風稍微大一點，雨珠就四散飛去。

在週末假日，都市裡的人一車一車趕來山城。

（他們是來看繁華如何轉瞬間幻滅頹敗如煙如霧嗎？）

在窄狹陡長的山坡石梯上，擠滿了遊客。沿街叫賣的小販熙來攘往。遊客好奇地東看看西看看。看一團絞成麻花的麵糰如何在熱油鍋中炸黃翻轉，沸騰的油看來十分平靜，平靜到像湖水，映照出一張白撲撲的人臉，也低頭望向鍋中，好像幽怨始終沒有解決，眨著一對含淚的大眼睛。

（我沏了一壺七葉膽。把第一泡的帶苦味的水濾掉。再加進熱水，小壺裡頭沖起一股回甘的香氣。大部分走到這茶坊來的人，都記得一位喜愛畫畫的老闆，年紀輕輕的，圓頭圓臉，有一張憨憨的笑容的圓臉，常常坐在向海一邊的窗口，看夕陽如金，沉入大海。「我是新九份人。」他說。我沒有回答。把七葉膽的盛杯在手中轉了又轉，我想知道在戲院門口那穿了過時服裝的女子，搽了粉，特意選了粉紅底小白花的旗袍，她——究竟一直等啊等地，等著什麼呢？）

等到一次繁華都過完了，在綠森森的樹梢上，感覺到秋天山城特別陰冷寂靜的風。

遊客都紛紛下山了，我和你是唯一坐在茶坊中看晚照如血的最後的客人。

原載二〇〇〇年五月號《聯合文學》第一八七期

攝影／鐘永和

少年月眉

天際夕陽未落，勾出如眉的新月，
美的意象如此誘人，
引得多地取相同名字，
都有勞苦人民、純樸風光、
默默保祐的神明。

他從市鎮中心的天后宮向右轉，拚命踏著腳踏車。

旺盛的香爐中的濃煙，在空氣中四散，包括金紙爐中一團一團捲起猛烈的火焰，好像要從熔岩一樣火熱的爐口向外撲出來。

金紙隨大火翻騰，在金黃色的火光裡幻化成閃耀的光。也有紙灰從爐口隨風勢飛揚；燒紙的人都瞇著眼，感覺到連髮梢、眉毛都一同灼焦燃燒了起來。

廟祝和鎮上的老人們口中常常說到做惡的人最終流轉於火舌的地獄，在硫磺硝煙的烈焰中飽受折磨。他從小耳熟能詳，也覺得那些描述並不抽象。

在每次廟會中，都可以從如火山爆裂一樣的鞭炮聲，爐火香煙，四周的喧鬧中經驗到了感官的極致。從烈焰中嗆嗆咳咳，眼中流著被刺激的淚液，覺得要窒息過去時，便如此拚命踩著腳踏車，在擁擠的人群中逆向求一條生路。

所以，是輝煌的廟宇向右轉的方向。經過一條窄窄的街市，騎樓下有售賣地方特產的混合著花生與麥芽糖的食品，一種甜香的氣息，像稀釋過後的糖液，金黃色的，緩慢流動成近似夕陽的一種透明的光。

（腳踏車上有白衣黑裙少女，噹噹，駛過被金色夕陽的光染成一片的稻田。青綠的稻葉隨風搖曳，金黃的垂垂飽的稻穗，好像低頭看田水深處倒映的夕陽千變萬化的霞彩的光。稻田上有鬱熱的夏季傍晚的風吹來，帶著如同炭火煮熟米飯的香味。）

這裡是可以眺望平野的角度，視覺上沒有什麼遮擋。一眼望去，全是平靜的稻田，夾雜其間的田陌上的一些檳榔樹也非常整齊。風景裡有一種秩序規律使他安心罷，他把腳踏車依靠在一棵樹下，抬頭看夕陽未落的天際，卻有一彎細細如眉的新月，映照在檳榔樹的上端。使他詫異，新月如眉，是可以如此嫵媚的啊。

他把被汗液濡濕的制服脫去。翻過來看，厚厚的卡其布料上拓著一大片汗漬的痕跡，邊緣將乾未乾的地方還結著鹽白色的漬痕。

「彷彿是鹽罷，」他這樣想。

湊到鼻下嗅一嗅，大多還是汗味。

但一陣傍晚的風吹來，稻田裡被蒸曬了一整天的濃郁如同粽子一般的香味又再襲來了。

他放下衣服，深深吸一口氣，好像耽溺著這粽子的香味，好像耽溺著暑熱裡一點點沉甸甸的晚風的清冽。

他感覺到風吹拂著身上一樣被汗浸濕的白色線背心，濕濕黏黏地貼在肉體上，很不舒服。

他想把背心也脫去了，卻又有點猶疑。四邊看一看，都是翻飛的稻浪，天空一彎像佈景一樣的細細的月眉。

「應該是沒有人在此刻來到此地罷。」他雖然這樣判斷，終究還是靦腆不敢脫去內衣。只是把手從下襬穿進搧動，讓風可以灌進去。他又拉開衣領，俯下頭向胸口裡面吹了幾口氣；好像使皮膚上黏膩悶熱的感覺可以減少一些。

（腳踏車上白衣黑裙的少女笑著叫「哥哥」，又調皮地叫道：「阿兄——」輕柔美麗的聲音，隨著噹噹的腳踏車聲遠遠消失在巷道的底端。「啊——」他在心底長長喟嘆著：「怎麼妹妹就長成少女了。」他騎著腳踏車，頻頻回首，天空的眉月，棕櫚樹窸窸窣窣的影子，遠遠稻田中鬱熱如一鍋將熟米飯的晚風，都無緣無故使他臉紅耳熱起來。他覺得自己少年的身體如一粒皮球一樣膨脹了起來，身體的每一個部位都飽飽的，被奇怪的什麼東西充滿著，好像漲大到要爆裂開來了。「唉，妹妹怎麼就無端端長成了少女。」他幾乎莫名地要泫然欲泣了。）

河流在夏季的潮汛淹沒了一些他平日遊嬉時熟悉的沙渚。中流裡波濤滾滾，像一鍋煮開的水。

附近居民用竹篾或鐵絲網盛裝了卵石，用來截堵洶湧的水流，利用近河邊未被大水淹沒的土地，種植一些西瓜，或可以短期收成的菜蔬。他走過瓜田，猜疑他來偷盜瓜果的農民站立在堤岸上，手中做勢舉著一支長長的竹篙，虎視眈眈地警戒著。

他心裡偷笑著，一手把制服舉在頭頂，一手靈巧地泅泳划水，卻在胯下緊緊夾著一個圓圓的西瓜。

水流很急，西瓜圓圓滑滑，夾得太緊太鬆都會脫落。他感覺著大腿內側的肌肉恰如其分地「攏」著西瓜，好像是自己胯下一個珍貴的寶物，不可閃失，臉上卻自若無事，單手緩緩划向河的對岸，看到烈日下拿長竹篙的男人如一個小小黑點，逐漸也在堤岸上走遠了。

（西瓜在河岸卵石上擊破，紅色的鑲肉裂開來，汁液如血，滲入沙地。他把整個臉埋進瓜裡，冰涼而甜的瓜肉帶著豐茂的水分，從他的嘴角溢出，順著頸脖，一串一串細細地流淌在他剛剛長成的少年的胸膛上。他腦海中閃過妹妹嬌俏的笑容，「阿兄——」，那少女的叫聲，好像在洶湧的河流上方迴盪，連堤岸上拿竹篙走遠的男人也聽見回頭了罷。他驚慌地抱起岸邊的衣服，急促竄跳在溪流間，心頭碰碰地跳著，天上的白雲也一朵一朵快速聚集，剎那間捲成和大河波濤一樣洶洶的浪花，四處翻滾著，並且從雲隙間降下巨大的雷聲，一種抑鬱已久的低沉的怒氣，在體腔內吼叫著。大點大點的雨滴打落下來，打在他的臉上，肩膊上，胸膛上，打在他劇烈奔跳的大腿上，手臂上，一種警告似的懲罰，並不痛，卻使他無處逃躲，覺得是噹噹腳踏車的聲音，四面八方湧來。）

大水氾濫的一次，小鎮的街道間可以行船。也有人編造了簡陋的排筏，穿行過大街小巷。淹沒農田的損失，每一天都有人向關心災情的上級報告。居民們可以做的事大約還是盡量想辦法把家中貨物架高，最怕浸水的電扇、電視機、收音機、電鍋，都一一用各種方法懸吊在屋樑上搖搖晃晃，屋主的心情也彷彿隨著蕩來蕩去，不知道什麼時候會撲通一聲掉入水中。

冰箱已經淹了水，老祖母不知怎麼爬到冰箱上，端端坐著。手中拿著一把鍋鏟，滿臉憂慮地看著腳下流水淌淌。

偶然看到一條像幽靈般的水蛇在水中昂著頭輕輕滑過，她便知道死神已來攝取魂魄，口中喃喃唸誦亂七八糟的什麼經文，心煩意亂，眼角汨汨流出淚水。

長孫泅泳來把老祖母揹在背上，祖母瘦削的臉貼在孫子初初長成的厚實的肩背上，孫子說：「阿媽，免驚哦。」老祖母的淚水忽然決潰嚎啕，顫抖抖想起水仙庵今春盛放的一叢血紅杜鵑，而那塑畫著仙人神佛的牆壁，彷彿從天宮俯看人間的繁華，有一種喜孜孜的快樂表情。

「而如今，那天宮上的仙人塑像也浸泡了水，將是如何是好呢？」

她緊緊摳住孫子赤裸裸的肩膊，覺得孫子肉體如此燙烈，如盛大的夏日日光，而那冰冷遠去的水蛇的影子，猶使她寒顫發冷。

原載二〇〇〇年六月號《聯合文學》第一八八期

攝影／梁鴻業

少年鹽寮

來到這濱海的小村落，
山離得更遠、海退得更深、
慾望降到了最低點，簡樸的心靈，
頓時讓天地寬闊了起來。

因為太平洋波濤的拍擊擠壓，島嶼東部隆起了一條陡峻高聳的山脈。

「海洋使山站立了起來。」當地原住民的一名歌手這樣敘述著。

所以在山和海之間只有窄長狹小的腹地。新開的公路夾在這條腹地中，兩邊能夠居住和種植穀物的土地都很少。

從港口南下，跨越過一條卵石磊磊的大河，濁黃的泥沙夾雜著上游紙漿工廠排放污水散發的臭氣。

視野遼闊，兩山夾峙，河口長風幾萬里吹來，澎澎湃湃。

少有工業的區域，居民相對於島嶼西岸的現代化城市的進步，顯然是落後的。但也感覺到唯利是圖的商業已在迫近。污染河水，摧毀山林景觀，在渴望虛幻的進步繁榮的同時，居民們也顯然驚懼著故鄉逃避不了的即將改變的宿命罷。

（我的來此便只是一種多餘了嗎？）

世紀末的最後二十年左右，因為西岸島嶼的急速工業化，城市中少數知識者有了現代化的抗拒，開始零星出現從城市出走的孤獨者，他們便在這一條窄長的海岸線上尋找一、二可以棲居的據點，或幽閉於人群之外，讀書修行，或潛心思考，意圖身體力行，實踐一種新的社會生活。

M君就是最早攜帶妻子兒女來此卜居者之一罷。

（我為何無法忘懷你黝黑乾瘦的清癯面容？長久以來，耽讀哲學或思想史論著，卻愈感覺著言談理論與力行實踐之間巨大的落差。你甚至偏激論斷；島嶼上並無一名哲學的力行者或實踐者。你說：哲學往往是一種生命的偏見。墨翟、莊周如此，柏拉圖、戴奧真尼斯如此。卻因為可以執一而行，使偏見成為一種行動的力量。）

是海洋使山直立起來的力量嗎？可驚的巨浪擊打岩石的力量，從深深的海底推擠著，一定要逼迫土地站立起來。

M君穿著圓領的布衫，繫一條寬寬的布褲，赤足，走在海濤迴旋的岸邊。被陽光炙曬發紅的臉上露著孩童的笑容。M君的妻子則坐在新築好的屋簷下縫製純棉布的衣褲。一兒一女，都脫得精光，四處奔跑嬉耍，追趕雞犬。

「房子是在這裡住了三十年的老榮民和一名阿美族的男子幫忙建築的。」

用山坡上大量生長的竹子做建材，離地大約一公尺高，搭建起來。竹子一根一根，用黃籐的韌皮紮緊編成籬。鑲上門、窗上修葺茅草，一層一層鋪得厚厚的。茅草也生長在山坡上，要多少有多少。

這原是當地原住民修建居所的傳統方法，建材取之於當地，方法也簡單，又不怕地震、颱風。

「地震來了，竹子彈性極佳，震不垮；颱風來了，頂多吹掉一些茅草，隔日補上就是。」老榮民這樣說。

他扁扁平的黑面膛，粗壯的肩膊，一雙大手，紮起篠皮來快速有力，不開口講話，無法辨別他是半世紀內從大陸北方被戰亂逼來的新移民，已經一副原住民的態勢了。

（我應當要接受你這樣簡單的實踐與力行的結論嗎？我應當像坐在陽光下曝曬的哲人，向前來訪賢的帝王說：請讓開，不要遮住了我的陽光。我應當像苦苦思索「生活還可以少掉什麼」的戴奧真尼斯，一日看見了狗低頭飲水，便毅然決然摔碎了手中最後一只瓷碗嗎？）

呵，M君，哲學果真是一種偏見，執一而行，便才彰顯了知識的力量。

（而在我依靠眾多思維生活時，知識只是我左右逢源、與世俗妥協取媚的一種藉口嗎？）

藉口太多，終究只是在假偽的知識裡作繭自縛啊！

因此，你定居與離去的鹽寮就開始有了傳說。

（細雨霏霏。沿路彎曲的車行，使大海和大山交錯出現。大山塊石隆起，如雄健男子的胸膊肌體；大海在晦明的光線裡柔媚纏綿如女子。原來這小而窄的、修建著公路的腹地，是山海長年交媾廝纏的子嗣。大塊的綠和大塊的藍，如果是繪畫者，會如此奢侈地揮霍色彩嗎？那是我第一次嘗試在這隱蔽的海域尋找你。假設是一層一層迷亂的海藻，一層一層黝深的珊瑚的枝椏，一層一層魚與貝類棲居的深處，一層一層幽微的光和水波的錯落，我，走進，沉溺進這洪荒亙古以來靜待來者的空間。每一扇貝都在慢慢開啟，每一道波浪都在退後，每一條水草與荇藻都梳理出了秩序，每一道光，都成為安靜的啟蒙。我，在長久知識的迷亂裡，第一次，有了身心的靈明，可以如此單純依憑一種信仰，進入浩瀚而空明的領域。）

許多在都市中不快樂的知識者走到這裡，他們借住在山巖上的寺廟中，藉三五日的靜坐閉關，試圖靜定騷亂不安的自己，或在信奉基督的佈道所盤桓，聆聽關於捨棄世間物質以達到心靈單純的道理。

（我只是來聽海濤的嘯聲的，或者是山上每一株茅草存在的真實罷？知識或許可以退得更遠一些，眼前若有更可以使心事單純的事物。如海灘上一粒平凡無奇的石粒，或是海岸上一朵剛剛掉落土中的槿花，一聲你院落裡隨處閒走的雞的啼叫，或是過路者丟置的半截客運車票……。）

（我在細雨霏霏中走來，下了車，看著客運車懶懶發動，緩慢駛去，在筆直的公路上漸行漸遠。）

在不確定你的住處的時候，看了一看車站上的地名「鹽寮」。也發現寥寥幾家住戶的居民都走出門來探看。一間雜貨店的老闆娘甚至蹲在門檻上，表示要長時間觀看我來做什麼。我朝她點頭笑笑，便逕自往斜向海邊的路走去。

海的浪濤聲更明顯了，比打在闊葉植物上雨點的聲音澎湃，使腳下的土地微微起了震動。

我想：為什麼連地址都沒有問就來了呢？

似乎你也表示，就在鹽寮，下了車，走一走就找到了。

於是，我聽到了鋼琴的聲音，不那麼熟練地彈著巴哈。

我獨自笑了起來。細雨中微明微暗的雲隙間一線一線的陽光，從海面上反映著一種灰藍灰綠的色彩，使我在樹下靜聽了一段巴哈。

不太像巴哈。巴哈很少這麼荒疏，沒有秩序，帶著不受羈絆的野性，帶著海水中一點鹽的鹹和辛辣。

我為何這樣笑了起來呢？

是否在一個力行著素樸的社會主義理想的實踐者身上，看到了一種不克自制的菁英的優雅與浪漫？

或許我應當調侃地問你：巴哈與鹽寮有什麼關係嗎？

在這個小小的島嶼一個最容易被忽略的海邊，你想實踐的烏托邦（啊，那個令人動容的希臘字Utopia），或許只是在細雨霏霏的早晨彈奏一曲巴哈嗎？你的棉布的衣褲，你的撿拾來的桌椅，你的以海邊浮木構架起來的屋宇樑柱，你從散集以後的菜市帶回來的果蔬……。我瀏覽著，這一切在經濟學上堪稱「廉價」的物質，只有在你的「倫理學」上有了「昂貴」的意義。如同你的巴哈，如同你在精神上宿命的貴族，一切俗世的物質都不再「廉價」了。

幾次經過這一段海岸，你的面容和你的琴音都還會浮現。這一段海岸所擁有的有關烏托邦的故事卻或許將逐漸被繁華所淹沒了罷。

原載二〇〇〇年七月號《聯合文學》第一八九期

攝影／梁鴻業

少年八里

渡輪靠岸處，乃大台北開墾序曲，
廖添丁傳奇的休止符。
河之左岸最宜單車，有觀音山作伴，
夕陽臨於河口，晚霞延燒整片天空。

颱風的風暴，常常在炎熱持續很長一段時間之後，突然來臨。

夏日午後，藍色的天空變得異常明亮，少數幾朵潔淨的白雲，飄浮在高高的天上。黃昏時分，西邊的天整片像火燒一樣紅通通的晚霞，使河邊的人都佇足凝望。

「要起風颱了。」上了年紀的石工看著天色這樣說。

空氣中有一種寧靜，除了電鑽孜孜鑽在石床上的聲音之外，甚至可以聽到一波一波撲向岸邊漲潮的聲音。

純淨的日光，使山的輪廓顯得清晰。山稜的每一個塊面，因為日光的向背，產生光線強烈的反差。向光的面塊釋放出飽和明亮的綠，一種四處流動著的綠，彷彿融化成了稠濃的液體。

背光的部分則暗鬱沉重，近於墨黑，似乎躲在不可測知的深處，顯現了大山的神祕深邃。

（夕陽在山的背後，整個天空已經通紅了。山，因為背向陽光，只剩一條稜線的光。山形陡峭，幾個秀麗的尖尖的山峰，看起來像人的側面，像額角，鼻頭，翹起的嘴唇，也像下巴。人們覺得這山的稜線像一尊仰躺的觀音，也因此為山命了名字。）

這座山，長久以來出產石材。黑色質地細密的石塊、石板，從山上開採下來，沿著山腳堆放。山腳一路可以看到大大小小的雕石工廠。大多以鋼鐵做骨架，建起結構粗壯巨大的廠房，上面搭建石棉瓦或鐵皮屋頂。

有些工廠裁切石板成大大小小的建材，用來提供買主修建墓壙，或鋪設地磚。有些工廠則經營龍柱、石獅的雕造，老師傅帶著數名學徒，從早至晚，叮叮噹噹，成為一興盛的產業。

（他從石粉、石屑飛揚的廠房裡走出來。立刻感覺到夕陽的明亮煦爛。他不太能夠形容，但仍然深吸了一口氣，彷彿從肺腑深處讚美著：這樣的夕陽啊！）

他走到河邊，對著洶洶的大河小便。覺得河面有微微的風吹來，吹在他寬厚的胸膛上。他因為每日打石勞作，胸肌和手臂、肩膊都結實飽滿。胸口密聚著細細的黑色石屑，混合著油膩的汗，一條一條，細小如溪流，涓涓滴滴，從鼓脹的胸脯匯聚而下，一直延伸到腰腹間的肚臍，好像一枚黑色幽靜的水潭。

河水漲潮時，一片一片的水，漫過河邊的土地，滲透進沙土的隙縫和窪洞，也漫過了大約一尺高的紅樹林。

紅樹上結著一條一條像手指一樣的水筆仔。

（他無事時從水邊撈起一支水筆仔。把外面一層綠色的包膜撕開，窺探包膜裡一株已經成形的小樹。）

在海河交界的濕土地帶，潮水來去，使植物種籽難以固定在土壤中。水筆仔便把樹種在包膜中孕育成形。藉著水筆仔筆尖一樣的銳利，落下時可以直接插入濕土中，使小樹順利成長。

他剝開了水筆仔的包膜，把小樹拿在手中把玩。小樹稚嫩的根莖，在他粗糙長滿繭的勞動的掌上，好像期待呵護、渴望愛憐的嬰兒。

（它應該這樣成長嗎？或者它將注定在這粗糙的掌上結束尚未開始的生命？）

在一個徬徨的假日，他沿河岸走向海口。

許多從上游沖積在凹處的垃圾。

有斷頭斷腳的洋娃娃。

有死豬或死貓的屍體，被一群夏日的蚊蠅蟲蚋嗡聚著，人一走近，便轟一聲散去。

有單隻的皮鞋，歪扭著躺在泥濘中。

退潮以後的螃蟹便從皮鞋中鑽出，探出頭來，彷彿尋找著失落鞋子的腳踝和腳趾。

他的每一根腳趾都被黑色的泥濘污染了，只露出一截白白粉粉的趾甲和趾頭。

（老石工說：這條河多年前常常漂來女人的屍體。在即將出海的河灣裡徘徊遊盪，不肯離去。也有女人身上還揹著出生未久的嬰孩，張著彷彿猶在索乳的嘴巴，沒有長牙齒的嘴巴，看起來特別令人悽慌。）

所以，河岸長長的有八里那麼長嗎？

長長的河岸都一一排列著上游人們的故事嗎？

他問：那女人是自殺呢？或是被棄屍？

老石工沒有回答。只是喃喃自語，「又要做風颱了。」便抬頭看向那火紅紅的西邊的天空。

跨過一堆一堆的垃圾，他漸漸不覺得惡臭的氣味了。

從對岸有一艘機器馬達的船，來回渡著這一岸和那一岸的過客。

這一岸的過客常常是辦完喪事，踩著山腳下新墳土的黃泥，一臉疲倦沮喪，端著供品或神主牌，站在船頭上口中唸著經文或咒語。

那一岸的過客多來吃孔雀蛤。看烈火中蛤貝一個一個張開，嗅聞到蛤肉和九層塔的菜葉及大蒜一起爆開辛辣刺激的味道。

（很長很長的一條紅雲，從這一岸一直拖到那一岸。一種很不甘心的紅色，一種很不甘心的糾纏，拖著、牽掛著，撕扯著，在老石工說的「風颱」要來之前。）

他看到一塊標幟，寫著「十三行遺址」，他停在岸邊，沒有繼續走下去。

遺址中有一些方方的坑洞。坑洞裡一個側身蜷曲的白色的人的骸骨。旁邊還有一付一樣姿勢蜷曲的比較小的骸骨。

（是小孩的骸骨罷？他這樣想。）

他不十分能夠了解注釋的牌子上所說「屈身側葬」的意思。

他走到一隻甕缸前，看著甕缸上陶土的質地和一些編織的蓆子或繩子留在表面的痕跡。

（如果有一個史前的坑洞是空的，或許我願意側身彎曲著身體躺進去，試一試自己身體的長度與坑洞的比例。也許那從史前一直空著的坑洞，才是我真正應該誕生的母胎。我要使自己的身體越發像未出生以前的蜷曲在母親子宮中的樣子，我才能夠再一次回到你我相識之前的狀態吧。）

他如果在河岸上再走下去，便將看到即將登陸的颶風了。

在晚雲都散去的時刻，他終於感覺到大地在風暴中微微震動的力量，彷彿他壓著電鑽的手，在巨大的石塊上的震動，他的每一塊肌肉都甦醒了起來。

原載二〇〇〇年八月號《聯合文學》第一九〇期

攝影／梁鴻業

少年苑裡

手指安靜，卻在藺草穿梭時說了話，
說房裡古城的街道交錯，
如草帽草蓆之經緯，
更如那家家戶戶勞動身影
編織而成的往昔時光。

在月色明亮的夜晚，我仍然聽得見夜梟在林木中囂囂的叫聲。而你的手，編織著藺草，快速而且準確。

每一根經緯線的穿梭，都彷彿從來不曾消失的記憶。那些來來往往的線條，看起來錯綜複雜，只有你知道，每一根草，其實都秩序井然。

如同小鎮街市，每一條巷弄的交錯，如同巷弄裡每一戶人家的故事，在好幾代的婦人們口中流傳，一樣錯綜複雜，也一樣秩序井然。

（那就是編織的智慧罷！）

你走過那條有紅磚矮牆的巷弄，婦人們沿著牆並肩而坐。

她們笑語盈盈，不像在工作。

只有她們的手忙碌著，把一束一束的藺草編織成各式花樣的草帽，草蓆，夏天用的枕套，乃至於小件精緻的菸盒、杯盤的墊子……等等。

我應當記憶的，並不是這樣明亮的月色，而是在熒熒的月色下許多在草的纖維中忙碌穿梭的手指吧。

手指像一種語言，像無聲的語言。在聽覺靜止如月色的時刻，你的手指便一一如唇開啟了。

非常柔軟靈活，彷彿無有骨節的手。

是不可見的魔術或幻術吧，使手指在夢想的世界舞蹈。

那些無聲開啟的唇，每一次開啟，其實都有憂愁，有歡愉，有期待，思念，眷戀，有許許多多和草的纖維糾纏在一起解不開的牽連環繞。

或者，手指如唇開啟、閉合，也有不容易覺察的哀嘆、嗔恨、怨怒、沮喪或厭世的煩慮吧。

（我應當這樣凝視著你一直走去，走進那寺廟的中庭，換上僧眾的衣袍，拿起一把掃帚，掃起庭院中的落葉。我應當這樣凝視嗎？看你新剃去頭髮青青如月色的頭皮。低頭若有所思：怎麼掃帚的柄上竟纏綁著一圈一圈的藺草。你的手指便又開啟了心事，那麼多密密的草，真的是心事如麻啊！）

在春天經常濃霧籠罩的清晨，從市鎮向鄰近的山丘走去。山丘起伏的坡度不大，在少有行人的小徑兩邊，白色的霧便在相思樹林間遊蕩、盤旋、迴環，像回來尋找遺落了的身體的魂魄。

黎明初起的光，一道一道，在濃霧的林間形成許多交疊的層次。

大約在四月中旬，更高一點的山坡上，高大的油桐樹滿滿都是白色的花。花瓣紛紛自樹梢靜靜飄揚飛散，撒落在地上，重重疊疊，潔淨一塵不染。

山上一所小學的校長，學生雖然不多，仍然每天清早騎腳踏車到學校去。

他經過的小徑就開滿了油桐花。

他每次回頭，都覺得漫天飄揚的花瓣全都靜止在空中，沒有一朵墜落在土地上。他便一次一次回頭，好像在語文課中，帶著孩子重複唸誦同樣一個句子。

「是大霧使花的墜落變得緩慢罷。」

白色的油桐花，白色的霧，白色的黎明初起的光。在許多種紛繁的白色裡，他想念起那些在柔韌的藺草間如低低哀訴的手指。

他嘗試伸出手，卻觸摸不到。

觸摸不到花，觸摸不到霧，觸摸不到四處游移變幻的跳躍的光。

只有那宛轉如口唇開啟的手指，一直在不遠的空中，像一朵永遠不曾墜落的油桐花。

如果是在夏天，他一定戴一頂藺草編的帽子。像日治時代紳士頭上戴的式樣，有不寬的帽沿，帽沿上端裝飾著一圈黑色的布條。草帽的手工很細，沒有太誇張的花紋，只有在兩側編織出疏密不同的幾圈透氣的孔洞。

他遇到熟識的人，便停下車，把帽子脫下，掛在腳踏車的手把上，笑吟吟地聊起家常來。

草帽的內裡襯了一圈灰色的絲邊，戴在頭上時，額頭皮膚便感覺到絲的滑潤細緻。

（等到汗濕的漬痕在灰色絲邊上泛出黃色時，你不知不覺就換上了一條新的。而那些換下的泛黃的絲邊，都收到哪裡去了？拆下來時可以看見布邊上細細的針腳嗎？而你的手，在握著掃帚清掃落葉的時刻，是否也恍然記憶起每一個針腳上手指的心事。）

編織的手工產業逐漸式微的時候，婦人們都有點惋嘆起自己的手指了。

那些手指像開過的花，靜靜自樹梢飄散，完全沒有聲音。

因此，無論他如何一一回首，仍然相信花朵是始終靜止在空中的。

（所以，在學校的學生都散去後。戴著一頂舊草帽的校長，照常一一檢點辦公室、教室。把每一個門都關好、都上了鎖之後，他便夾著黑色的公事包，蹣跚騎上腳踏車，依循下山的小徑，重新經過來時穿過的樹林。）

廟宇中有喃喃的誦經，配合著單調如一、不起變化的木魚的聲音。

校長在回家的途中忽然想起一件事，躊躇了一會兒，便騎車往廟宇去。

廟宇中其實並沒有人誦經，也沒有人拿著掃帚清掃庭院落葉。

校長很熟悉廟宇了。把腳踏車停靠在門口，跨進門檻，一直走到後面灶間去。

灶間的一名女尼正蹲在地上，整理新摘下的番薯葉。把一簇一簇的嫩葉和粗老的薯籐分開。

「啊，是你，剛來？」

女尼抬起頭見到校長，站起來，把手上的水抖一抖，在圍裙上擦著。

「沒事。」校長說。把草帽脫下來，拿在手上。「下班繞過來，告訴你一聲，阿國在美國結婚了。」

「喔。」女尼點頭，表示知道了。

「這邊也就不宴請親友了。」校長補充說。

「是。」女尼表示同意。

她走去倒了一杯水遞給校長。

去了。」

校長接過來，喝了一口，把杯子放在灶板上，戴上帽子，說：「我回家去了。」

女尼在灶間看校長背影離去，繼續蹲下去整理番薯葉。

（在月色明亮的晚上，他不只聽到了林木間夜梟囂囂的叫聲。他似乎很確定遠遠廟宇中傳來的木魚的聲音。是安靜如止水的手指，篤定地拿著小小的木槌，秩序井然地一聲一聲敲著，彷彿每一聲都是停止在空中的一朵花，永遠不會落地。）

原載二〇〇〇年九月號《聯合文學》第一九一期

攝影／鐘永和

少年扇平

茬濃溪流域旁的緩坡台地，
周圍的山脈如摺扇展開，
恰涵納了瀑布與鳥與蝴蝶的珍貴生態，
來此皆須申請，除了山隙射入的朝陽。

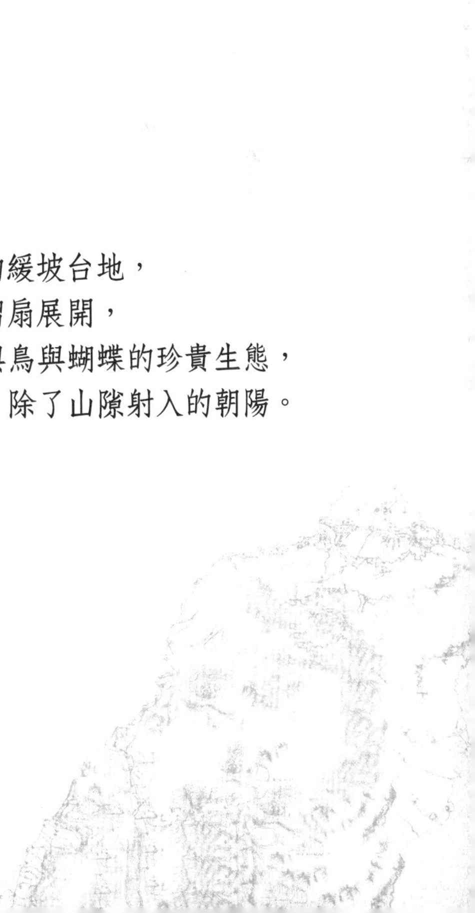

（我坐在眾山環抱的平台上，等待初始的黎明從山隙間綻放第一線耀目的陽光。）

島嶼中間有一條縱長隆起的山脈稜線，蔓延到向南的尾端，陡峻山勢逐漸緩和了下來。

低矮俏麗的丘陵一座一座，像孩童擺置的玩具，秩序井然。山不再陡峻了；山，從嘯傲危立的姿態變得美麗溫柔而且可親。

可以看見迂曲迴環的溪水，在群山的秩序間委婉悠悠行來。

（所以，我是在比較高的位置，眺望山腳下的種種。而這裡的確是眾山間一片如摺扇般緩緩張開的平曠台地。）

因為仍然被劃歸為特殊的林業保護區，從六龜啟程，過了大橋，往山上行走不久，就有管制站，需要辦入山證明，所以山路上行人就不多了。

少年們常常忽然發現山窪深處一泓如浮玉的瀑布水泉。

山上的湍流急瀉而下，在幾塊巨石間形成清澈的深潭。

他們攀援而下，急急脫卸去裝備衣褲，縱身跳進潭水中，雀躍歡呼，深潭立刻激濺起燦亮的水花，彷彿久未被激動的幽靜深谷，也因為少年們的亢奮好動一霎時熱烈了起來。

（天色從墨黑逐漸轉變成幽微的藍紫色，山的稜線更加明顯了。也許是隱匿在山間某處的雉雞的啼叫，一聲一聲，呼喚起黎明的甦醒。而在濕冷的蒼苔上，緩緩滑過的一條蛇的體軀，彷彿知道牙中的劇毒，不過是備而不用的死亡的汁液。那麼，分泌又分泌的心事的沮喪憂鬱，也將儲存在我身體的某處。一日，或許可以用來毒殺自己或毒殺他人嗎？）

經過一片低緩的沼澤，水和草交錯，使許多生物可以在此繁衍。

少年們聆聽一名植物專家敘述有關「水韭」的生長過程，對於這種稀有的地區性特殊植物類種，他們所知不多，因此就低下頭近距離觀察，用手細細摩娑，其實，尚未發現任何與其他草類物種的不同，但已在摩娑間，彷彿有了深意罷。

（天色是在這麼不經意間轉變的。彷彿在石上靜坐，一千年之後，天色忽然亮了。是天色一直在亮嗎？或只是閉目靜坐，忽然發現已過千年，竟全然不知天色的晦暗或明亮了。）

黎明時可以聽見竹林間窸窸窣窣的聲音。因為種植著數十種不同的竹類，從巨大的麻竹，到修長挺直的桂竹，以及特殊的方竹和色澤綠黑的墨竹，竹林間的風聲便如同一種不同管樂的合奏。竹葉與風的振動，像一種低音的背景，不容易發覺，交疊成一片，在耳膜聽覺的邊緣，轟轟的，曖昧模糊，卻又持續不斷。竹竿和竹竿的交互碰撞，因此就像清晨寺廟的木魚了，久久一聲，使曖昧模糊的低音一時清明，像一種決斷的了悟，一聲就是句點，是始是終，也無始無終。

（我應當耽溺如此的了悟嗎？或者，斷斷續續，在那曖昧不明的交錯糾纏裡，牽扯不斷。了悟自是了悟，牽扯也自是牽扯。）

昂首游在水面上的一條花蛇，使潭水如此幽靜。

在許多次的夢境中，你總是緩緩走在那條花蛇的左近。在月光使整座山林的竹篁如笛簫一般響起時，蛇的鱗鱗花斑，在月光下閃著魅人的色彩，你的美麗與彷彿劇毒的露出白牙的笑容，每每使我驚懼讚嘆。

茉莉的花香濃郁到令人窒息啊，那才盛放的豐馥的花瓣，彷彿也因為太過濃烈的香味，在月光下一一掉落離枝。

正巧是花蛇緩緩而行的時刻。我一時不能判斷這樣盤踞穿行在花叢間的蛇的體軀，是否即是隱含著殺機的美？我應警惕迴避，但已早早受了蠱惑，我便注定了要這樣凝視著劇毒的美麗一步一步逼近自己。

（死在這樣美麗劇毒的噬咬下，像一句詩的警句吧——你當然應該不屑那些酸腐小人如蚊蠅蟲孖的喋喋不休的瑣碎啊。）

在上個世紀的結尾，據說殖民時代的皇族曾千里迢迢來此駐蹕。

一幢紅檜木修建的簡單行館，雖然陳舊，仍然可見貴族莊邸的規格氣派。

低矮的石階，進了玄關，左手有寬約一尺半的廊道。廊道與庭院間以裝嵌透明玻璃的拉門隔成。陽光整個下午照曬撲滿一整條廊道，使室內如此明亮溫暖。

（據說，他駐蹕的真正原因是未曾公佈的肺疾。侍從們在有日光的廊道上擺置了籐製的躺椅，躺椅上鋪了繡有紫色菊花圖案的軟墊。他卻不常躺靠在廊道上。那張籐製的躺椅與紫色菊花圖案的軟墊便在日光一寸一寸消逝中，彷彿永遠在等待著主人，成為山中來往的少數僕役口中傳說的華貴又有些哀傷的故事的來源。）

但是，他真正坐在躺椅上的時間幾乎都在夜晚。

僕役和侍從都已酣睡，他披衣而起，感覺到南國和故鄉完全不同的潮濕而又溫熱的氣候。

溫熱中透露著濃郁的花香，「是茉莉」——那種白色胖嘟嘟的花朵。侍從們揀來盛在碟中，放在他的枕旁。

據說是一旦盛開便紛紛掉落的草本科的植物。

他發現這些花朵是在夜晚才吐露香味的。好像是山間特別明亮的月光，使幽靜的香氣如霧一般四處瀰漫。

他輕輕地伸手在空中撈捕，纖細蒼白的手指，好像揮動琴絃，他感覺到花香順沿著寬大的袍袖，從手肘一直沁滲到腋窩。

他把袖口收攏，彷彿蒐集了所有的花香，使他可以在如此馥郁花香的擁抱裡，躺睡在籐椅上，聽山間走過竹隙細細的風聲。當月光一點一點在他衣襟上移動時，他無法了解這個遙遠的土地，真正是屬於父系皇室統領的國土。而他，是這個皇族的嫡裔，他將在這被稱作「殖民地」的島嶼上，看著一朵一朵盛放之花離枝凋零而去嗎？或是他僅渴求如一尾在月色中行走過花叢的蛇，有備而不用的毒牙，而那劇毒只是日漸憂鬱沮喪的身體內分泌物的積累罷。

「我的劇毒只是使花香馥郁芳冽而已。」

他記憶起一些古老的詩句，也記憶起被稱為「大正詩人」的一些憂傷文人的句子，那些擅長用最少的音節，使生命斷句的語言，和這島嶼上毒蛇與花的決絕竟然如此相像啊！

（當你為了調查山中不同海拔高度的鳥類棲居來了扇平，那傳說中貴族駐蹕的行館，早已荒廢頹圮不堪。加以後來管理者粗俗的改裝修建，已不復當年的華貴樸素了。唯一未曾改動的也許只有那寬闊的廊道罷。雖然檜木板有些已斷裂腐朽，但坐在那張搖搖晃晃的籐椅上，看日光和月光靜靜移去，你仍然可以想像林間的風聲如何許諾給染患肺疾的憂鬱貴族何等尊崇平靜的臨終。）

他並未繼承父祖開疆拓土的功業，他只是在殖民地的一隅養病，看花開花落，似乎知道亡國與建國只是另一種形式的盛放與凋零。

因此應該鄙夷那些滿懷政治野心者的粗糙不學嗎？當他們口沫橫飛，以霸氣粗鄙凌辱他人時，是否游過花叢的蛇都紛紛迴避，寧願那牙中的劇毒只是留給自己臨終的最後符咒。

告訴我這平如摺扇的台地上，有多少棲居的禽鳥的種類罷，牠們以多少不同的鳴叫，帶給這閴靜山林日日夜夜美麗的回聲。

但你是如此謹慎於言語的。我或許只能從你慧黠如鳥的瞳眸中，看窺一點點端倪。而你尖噘起唇咀，細細鳴叫時，鳥類便從枝梢上低迴而下，奇異於牠的種族如何改變了軀體形貌。

今夜月圓。我從廊道一步一步走出。下了低矮台階之後，看見你手植的梅樹已結節盤曲如龍，樹幹上都是蒼苔。

我正要細細尋找，探視是否梢頭上已有隱匿的花的蓓蕾，你卻在樹枝間突然出現，向我微笑點頭頷首。

啊！相隔一世紀，你知道島嶼的蛇與花香依然無恙。

走離去的殖民者，與新來的殖民者，都不曾知道他們也應來此棲居養病，山下便總是吵嚷喧嘩，小人喋喋不休，瑣碎令人厭煩，他們都聽不到你在月色中聽到的蛇與花香的游移。

原載二〇〇〇年十月號《聯合文學》第一九二期

攝影／鐘永和

少年龍坑

鵝鑾鼻燈塔絕非句點，
隆起的珊瑚礁才是國境最南。
被狂浪日夜侵蝕的岩岸嶙峋如龍，
馬鞍藤與水芫花的影子細碎，
往南，海沒有邊際。

年輕，或許不只是一種珍惜，也同時是飽含著不可思議的毀滅的渴望吧。

島嶼尾端的龍坑，隱藏在木麻黃、林投樹、瓊崖海棠的婆娑樹影之後，不容易被發現。即使偶然被發現了，管制站的值班人員會宛轉地拒絕遊客進入。

他從管制站的小木屋裡走出來，耐心地告訴遊客：四十二天以前可以透過電話或網路申請，取得參觀的准許。

遊客當然覺得遺憾，一時不想離去，便說：看看解說牌也好。

他走到解說牌前，看到島嶼的最尾端，看到鵝鑾鼻這一個比較熟悉的名字，然後也找到了龍坑的位置。

解說牌上的文字和圖形都很簡單，看得出來龍坑是在島嶼尾巴的尖端處。

遊客看到太平洋、巴士海峽、台灣海峽三個海域的名稱，而龍坑似乎就決定了三塊巨大海域的分界。

的確有點遺憾！他這樣想。

如果可以站在龍坑的岩礁上，便彷彿站立在一艘船艦的艦首，眺看海洋在自己的腳下分開，乘長風，破萬里浪。他想像著那種傲岸與自負的孤獨之感，便抬頭眺望，試圖穿透一片蓊蓊鬱鬱的木麻黃的樹梢，看到一點龍坑的跡象。

我穿越了那些樹梢。在盛夏炎烈的陽光下，沒有人會相信，一個少年的身影，如同鬼魅，可以穿越管制站，可以在管理人員阻擋著其他誤闖的遊客時，堂而皇之地走進通向龍坑的小徑。

巨大的棋盤角樹，可以隱藏我不欲人發現的身影。如果是在白日通行無阻的鬼魅，我可以多麼無拘束地行走於這多采多姿的美麗人世。不受干擾地瀏覽街市中的種種繁華。可以多麼靠近去欣賞一名女子翹起的眼睫毛；可以多麼無忌憚地嗅聞那嬰兒微帶奶香甜味的鼻息；可以多麼淫猥地貼近你毛髮毵毵的下頷與腋窩；可以如何酣暢如飲醇酒地耽溺於你豐美的肉體。

我是這森森樹影間的山魅或魍魎嗎？

我在年少的青春，便夭折於美的自戕，要使永遠無法成人的身體，飄忽在島嶼尾端一片木麻黃與瓊麻之間。

在劍戟刺棘的戳傷裡，使鮮紅的血一一滴點在乾涸的土地上。

使受祭奠的塵土與石粒，都因承受青春之血的符咒，永遠不得衰老。

永遠不得衰老，我祝福的愛，便如此殘酷與獨斷。

我站在島嶼尾端的龍坑，在聳立的岩石頂峰，用比大海浪濤更雄壯的咆哮，向島嶼大聲說：永遠不得衰老。

太陽燙烈的火炎，使岩石發出嘶嘶的嘯聲。彷彿夏日午後伸出舌頭的狗，彷彿一種午後睡寐間的懵懂。

彷彿我在早夭後的身體，始終依附著這未曾死去苟延殘喘的肉身，猶在煉獄的大火中忍受煎熬。

粗礪的岩石像童話中魔怪的城堡，被惡毒的咒語籠罩著。像時時飛動如粗麻的醜怪長髮，交錯糾纏；像伸在半空中意圖報復的手爪，像張開口唇暴露出的尖利牙齒，準備嚙咬隨意侵入的外來者。

龍坑的怪戾之美，喚起了少年許多童年粗野殘酷的記憶。

在那整片不容易生長植物的岩石礁地上，只有緊窄的隙縫間蔓延著一些在貧瘠乾地上可以貯存水分耐旱的草木。那叫做「白水木」的有著肥胖葉莖的綠色草物，低俯攀爬在礁石間，好像確定可以把卑微轉化成尊貴而且頑強的生存。

（如同我記憶你身體隱祕處的一點黑痣和斑痕。或許它們頑強地存在我記憶中，猶勝於我們的思念與眷戀罷。）

我踏上那道木造的階梯。階梯迂迴盤曲在起伏錯落的礁石間。

我記得來過此地。早在沒有鋪設木造的步道之前。我的腳掌仍清晰地記憶著那些凹凸不平的尖銳礁石，記得每一個突兀的石塊形狀在腳掌上留下的不可磨滅的印象。

我的腳掌都印記在岩石之間。腳掌記得，岩石也記得。

許多年後，當我重新來臨，腳掌便一一尋索著它認識而且思念的石塊，一步一步，重新印證找尋那牢牢的記憶。

有一天，肉身的種種，便要如此告別分離，前去尋索它們自己記憶的對象罷。腳掌前去尋索岩石與泥土。

眼睛前去尋索盛放的花朵和翩翩於空中的蝴蝶與鳥的翅翼。

頭髮將前去尋索天上的雲或深海中波浪的迴環。

我的口唇，或許仍將前去尋索母親溫暖的乳房。

而我的雙臂啊，或許注定將重複著尋索你的身體，尋索一種一再重複的擁抱。

那時，我汩汩的淚水，將前去它記憶的終點，如大河流淌，將尋索向何處，去到哪裡？是我此刻如何已無法預知的宿命啊！

因此，當我順延著步道，登上龍坑岩礁的高處。我眺望到了一望無際的大海。我看到層層的波濤呼嘯澎湃。我看到浪花在岩礁間奔騰碎裂。

我看到礁石的兀立傲岸，遍體鱗傷。

我看到浪濤激情熱烈如死的擁抱衝撞，永不停止。

每一道涓涓的水流，從岩石的體軀上流瀉而下。彷彿淚水，彷彿悲怨到無話可說的泣訴，一條一條，淚流如此。

或許，我終於知道，我淚的歸宿，是這島嶼南端一片無際的汪洋。

在每一個晴空萬里的夏日，在驚濤駭浪的大風季節，在一輪皓月圓圓升起的夜晚，我每一滴每一滴的淚水，都只有一個預定的歸宿了。

（在你用相機拍攝下浪花固定的形式時，我知道，我的淚也都一一凝結成固定的形狀。那是早先的神話已然知道的故事。只是，沒有人想在月圓升空的夜晚揀拾那些越來越多的珍珠。它們其實是一種胖的母貝一一吐出的話語，閃爍著、蘊涵著月華的光，在此時，又幻化成流動的水珠，回復成洪荒時淚的形狀，可以盡情在礁石的無動於衷間傾瀉、流動、迸濺，可以使洪荒以來記憶中的愛，如此嚎啕，如此如泣如訴。）

於是，我俯視每一滴落在岩礁上的汗水的痕跡，圓圓的，周邊有一些炸開的邊緣。然而，很快痕跡就乾了。

你是否相信，岩石記憶著，泥土記憶著，或者一些吹過的風記憶著，記憶著或許連我的記憶都已遺忘的事。

但是，每一個礁石在解開咒語之後，它們都重新知道它們的原形，在島嶼的尾端，在咒語解除的夜晚，它們和早夭於美麗歲月的少年時刻的我，一同牽著手在浪濤間舞蹈，那時，我忽然大聲向淚水洶湧的大海叫出裂帛一樣的聲音——我愛你——

原載二〇〇〇年十二月號《聯合文學》第一九四期

攝影／鐘永和

少年西寶

立霧溪多深，山賭氣似的就長多高。
東西橫貫公路曲折險峻，
捧著種植番茄的台地。
開墾之道路多艱辛，
這裡故事就多悠長。

男子躺在叫做「西寶」的台地上，四周有很多番茄田。番茄橫生的枝莖用竹枝架著，綠色的葉子襯著同樣綠色的果實，只有幾顆早熟的番茄顏色特別醒目對比，透著曬滿陽光的紅。

他去了天祥，覺得天祥遊客太多，太熱鬧了，他就揹起背包繼續往山上走。

大山一層一層，環抱著山谷，遠遠可以眺望到谿谷間一條立霧溪，像銀白色的帶子，蜿蜒在群山之間，也像一條銀白色的蛇，努力竄動，好像要尋找出路。

剛下過一天的雨，晴了，山谷間升起一片一片的煙嵐。

有風，煙嵐移動的速度很快，像一層一層的薄紗，使群山的綠遮掩出豐富的層次。

天空很藍，很明亮，是剛被雨水洗過的天空。

湛藍的無際天空，飄浮著一朵一朵的白雲。

白雲和煙嵐不同，同樣是水氣，白雲聚集得濃密，像很厚的棉花，可以遮擋住陽光，在整座綠色的山巒上拓著一塊一塊雲的影子。

煙嵐很薄，可以透光，在山間游移，使山的形狀與顏色都若隱若現，有一種輕靈空明的美。

他把背包放在山路旁。這一段山路特別陡峭，太陽曬得額頭有點發燙。他解開衣領上端的釦子，讓清涼的風吹進衣襟，吹拂他的胸腔、腋下，從兩肋邊吹到後背，襯衫鼓起來，像吹飽了風的船帆。

他張開雙手，好像要飛起來，風也從袖子兩端悄悄溜走，袖子啪啪拍打著他黝黑壯碩的兩肘手臂。

他喜歡這一帶的山，好像許多風從四面八方都在這裡聚集。

恰好在峰迴路轉的山腰台地，可以眺望腳下的天祥，聚集許多遊客太過喧嘩的地方，也可以眺望腳下更深處的谿谷，也可以平平望去，一層一層群山的峰峰相連，也可以仰頭眺望一碧如洗的天空。

「三百六十度的景緻——」

他想起很拙劣庸俗的賣房子的廣告詞。

大學畢業，他短期間在一家房地產的行銷公司打過短期的工，每天聽到奇奇怪怪的形容辭彙，他始終不了解，為什麼賣房子要用這麼虛華不實的語言來形容。

「我們的島嶼是一個販賣廉價夢想的地方——」

做房地產做久了的富美，聽到他的抱怨，便嘆了一口氣：「消費者要這樣廉價的夢想，你有什麼辦法！」

他沒有說什麼，他咬著富美的奶頭，輕輕吸吮，他看著富美如同一顆桃實一樣的乳房，乳頭像一粒結實的蒂，乳暈四周有一粒一粒小小的褐色乳蕾。

他翻起身，望著富美大而明亮的眼睛說：「妳真的是太魯閣族？」

「對啊！」富美撫摸著她結實的膝蓋：「我家在西寶，你聽過嗎？」西寶——

他搖搖頭，笑著把富美的手從自己的下體拿開。

（他的男性正在萎縮著，沾黏著潮濕的液體，剛剛入睡，或許他不想這麼快又要驚醒它，便移開了女子野心勃勃的手指。）

「西寶——」她爬在男子身上，看他仰躺著，雙手枕在腦後，富美看到他暴露著濃黑密如叢林的腋毛，便伸手去撥弄。

「我就叫你西寶吧，很好聽不是嗎？比我替那些醜陋房地產取的名字都好聽！」

她咯咯咯笑了起來，好像一想起房地產好幾年自己推銷的廣告，忍不住就覺得要笑。

男子翻看過富美的「業績」，她在一個沿河社區一連為好幾棟大樓做行銷廣告。房子賣得不錯，每次有「業績」，老闆就開香檳慶祝。（用紙杯裝的香檳，老闆一手拿著一塊鹽酥雞，一手拿著紙杯香檳，向富美恭喜。他們說：「恭喜，Amy！」他們叫她的英文名字，說：「妳很有創意！」）

「創意」，男子笑翻了，富美假作嗔怒地瞪著他。

「沒有創意嗎？你笑什麼？」富美打著他的下體。

男子趕忙用手護著，笑得抖成一團。

笑過之後，男子坐起來，把富美摟在懷中，翻著那些「業績」，他嚴肅地說：「什麼創意呢？」他翻過一頁：「因為在河邊，所以叫『地中海』？」

他又翻過一頁，「你看，又是河邊，所以叫『加勒比海』！」

他又翻過一頁，「哇！太神了，又在河邊，所以就叫『波詩灣』——」

他又忍不住大笑了起來，抱著枕頭，四處躲避富美沒頭沒腦的劈打。

「這怎麼不是『創意』啊，我把『波斯灣』改成『波詩灣』，這不是創意啊！那時候波斯灣打仗打得正凶，這個名字每天上報紙，我一用，房子賣得好極了。」

富美辯解著，有點委屈，她不明白這個認識不久就跟他上床做夢的男人為什麼嘲笑她的業績。

（男子想起女人如同番茄的乳房，是了，其實比較像番茄，不像桃子，更柔軟，更飽含水分，更多陽光的明亮。）

「原住民都有這麼美麗的膚色嗎？」他用手掌輕輕撫摸那明亮褐色的胴體。

「我的爸爸不是原住民。」富美說：「他是河南來的榮民，開完中部橫貫公路就留在山裡，有一小塊地，種菜、種水，跟我媽媽結了婚，他結婚的時候已經六十幾了，聽說是為了反攻大陸，他在河南老家有一個沒有成親的媳婦，他說，不能對不起那個女孩，就一直等一直等——」

（許多人在漫長的等待裡修一條漫長的路，一條貫穿島嶼東部與西部的路，一條在群山環抱中像一條銀白的蛇在竄動的路。他們修路、等待、修路、等待。路要修到哪裡去呢？路要修到天上嗎？還是路要修到來世？他們最後一個一個變成了路邊的墳墓。）

富美流下了眼淚，男子緊緊抱著她。

「一個男人等一個女人，等了四十年，算不算偉大的愛情呢？」富美問。

男子沒有回答。

「我的媽媽是富士村的原住民，她在西寶國小讀書就認識了我爸，一個河南人，叫做李梅花——」富美擤了一把鼻涕：「李梅花，很好笑，不是嗎？」

「西寶國小的原住民女孩每天都幫李伯伯種菜、鋤草、施肥，坐在田隴邊吃李伯伯煮的大滷麵。」

「畢業以後，這個原住民小女孩已經十五歲了，要被送到都市做女工，但是她不肯，堅持要上山幫西寶的李伯伯種菜。」

「後來，這個伯伯知道在河南老家的女人早已死了，他大哭了一場，原住民的女孩十八歲了，每天上山幫忙種菜，她抱著哭倒在地的伯伯說：

『李伯伯，李伯伯，我們結婚吧！你還有我——』」

（男子抱著富美，沉默著，輕輕親吻著她的胸口，她的手，她的臉頰，她的額頭。他覺得富美身體裡有什麼聲音，哭泣的聲音，修路的聲音，種菜的聲音，或者漫長等待的聲音。）

「所以，我老爸在六十歲的時候娶了我十八歲的媽媽，生了我，我生在西寶，生在一個番茄田旁邊的木造房子裡，爸爸說河南家鄉那個女子，等他等到死掉的女子叫『富美』，他就給我取名叫富美，用別人的名字，很沒有創意，對不對？」

「很沒有創意——」

男子想不起來為什麼跟富美分手了，沒有戰爭，沒有災難，也不是什麼生離死別，但是他們分手了。

他在E-mail給富美的最後一封信上說：

富美，我想我必須離開了。
謝謝妳在這幾個月照顧我，教給我很多我原來不會的事。
妳很有「創意」！
我只是短期打工，很快兵單就要來了，我趕在當兵前出去走走。
大概去太魯閣罷，去妳說的「西寶」看一看。
我上網查了一下，那邊住戶很少，卻有一間小學，也叫西寶國小。
西寶國小的建築看起來很特別，網路上說是配合自然的「綠建築」，我把圖片E給妳，有沒有比妳們大樓建築的設計酷！
我不知道會不會在西寶遇到妳的媽媽，妳說她還守著妳爸爸留下的那塊番茄田。
不知道為什麼，我迫不及待，想去看一看西寶，也想去走一走妳爸爸修的那條路。

︵男子躺在番茄田裡，做了一個奇怪的夢。夢到自己拿著十字鎬，拚命在挖一塊地。那地裡挖出一塊一塊的石頭，石頭崩坍了，路也崩坍了，他還在繼續挖。他想：這樣挖下去不是把自己站的地方都挖完了嗎？但是，路是一定要挖下去的。這條路要修到天上去，這條路要修到來世！

路終於挖完了，他隨著崩坍的石頭一起墜落，墜落——）

他醒來時發現一顆熟透的番茄墜落在他胸口，一個婦人站在田邊看他，說：「做夢了啊——我聽到你在叫『富美』！」

男子羞赧地一笑，撿起番茄，揹了行囊就繼續他的行程了！

原載二〇〇七年一月號《聯合文學》第二六七期

攝影／鐘永和

少年鹿港

本是群鹿奔跑之地，
一度航運市況繁盛，
天后宮、龍山寺、意樓、
九曲巷、鳳眼糕……銘誌年輕盛放，
誰說港口老敗，其實青春恆在。

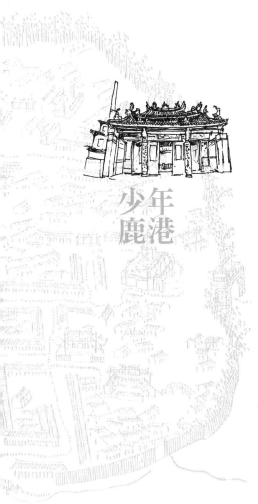

甲必丹轉動著手中的鍍金望遠鏡，慢慢調轉焦距，他輕輕叫著：「我的上帝——」

他無法相信，一群一群褐黃的鹿在樹林間穿梭奔跑著。

早期移民的船舶在艱難的渡海之後，在這裡找到了可以停泊的港灣。

移民中絕大部分是低階層的勞工，或在家鄉無法生存的農民。

他們決定飄洋過海，乘一葉小舟，航行向不可知的未來世界。

那個傳說中的富裕且美麗的島嶼，遙不可及，完全像民間神話故事裡虛無飄渺坐落在海上霞光裡的仙山。

夢想使人冒險，夢想使一群在飢餓或陷於災難中的人們忽然有了出走的浪漫念頭。

（浪漫嗎？或許不是！十七世紀從遙遠的歐羅巴航行而來的紅毛人，閃著像波斯貓一樣深邃詭邪的藍寶石的眼睛。那藍色透明的光裡，就有著些許夢想與浪漫——）

浪漫是歐羅巴語言中「羅曼史」的漢譯，對大部分這個港灣最初的窮苦卑賤如奴工的漢族移民而言，浪漫兩個字是他們貧乏生活中不曾存在的辭彙。

他們從船艙中鑽出來，像黝黑骯髒的土撥鼠。撥著，撥著，土掉得滿頭滿臉。黃黃灰灰的土，使他們與皮膚白而潔淨的歐羅巴人看起來如此不一樣。

歐羅巴人又有在陽光下閃著赤銅或黃金顏色的頭髮、鬍鬚。連眉毛和眼睫毛都發著亮光，神氣活現，相較之下，灰灰黃黃的從艙板深幽的黑洞鑽出的這一群移民，實在太不起眼了。

當地的原住民是看過歐羅巴來的船隊的，頭上戴著藍色鑲金邊繡線扁帽，帽緣插著白羽毛的「甲必丹」船長，把長長的小腿綁得細細的，藍色鑲金邊的夾克袖口露出一截淨白淨白的棉紗內衣的蕾絲邊袖子。

連大山蕃社裡的頭目都趕來港邊觀看，他暗示部落的成員自己負有監督與防守的領袖的職責，但是，部落成員都發現頭目這一天有一點神色倉皇，他瞥見歐羅巴來的「甲必丹」頭上輕盈飛揚的白色羽毛，開始認真思考起自己頭上插的一隻兀鷹的尾羽為何如此呆笨沒有飄逸之感，而且，連顏色的灰黃也大不如白色那麼耀眼。

白色逐漸取代了灰黃的價值嗎？

那倒未必！

白色、明亮、潔淨、高雅、純粹，在第一眼的印象裡，白色總是最搶眼的色彩。

但是，灰黃有一種介於存在與不存在的曖昧。像泥灘裡的螞蝗，陷在灰灰黃黃的泥淖中，你踩牠，壓牠，打牠，打得扁扁的，看起來已經完全沒有生命的跡象，但是，你一離開，那灰灰黃黃扁扁的看來不存在的東西就開始蠕動了。

牠又活了過來，在灰灰黃黃的泥淖中鑽動，遇到一頭鹿，或一個人，就貼上去，不知不覺，吸著血，吸飽了，掉回泥淖裡，交配、繁殖，生產出更多灰灰黃黃的東西。

頭上飄揚著白色鴕鳥羽毛的甲必丹，閃亮著藍色的波斯貓的眼睛，他的眼睛注視著蕃社頭目頭上灰黃的兀鷹尾羽，但沒有發現港灣泥灘四周一個一個從船艙中鑽出來的另一種移民灰灰黃黃的身體。

原來應該是黑色，可是因為沾滿了泥土，變得灰灰黃黃的頭髮。

原來是藍色，可是髒、舊，沒有洗滌，變得灰灰黃黃的棉布褲子或上衣。

原來應該是明亮的褐黑色，可是受了太多驚恐與災難之後，變得灰灰黃黃的眼瞳。

「怎麼會有這麼灰灰黃黃的一種生物！」歐羅巴的甲必丹船長鄙夷地這樣想。

但是，他沒有想太久，比較起來，他更大的興趣在於遠處跑來跑去褐黃色的另一種動物——鹿。

甲必丹轉動著手中的鍍金望遠鏡，慢慢調轉焦距，他輕輕叫著：「我的上帝——」

他無法相信，一群一群褐黃的鹿在樹林間穿梭奔跑著。

小小的初生不久的鹿仔，圍在母親四周，驚慌地四處張望，小小的蹄子一蹬一蹬，跟隨著隊伍前端有著明顯高聳鹿角的巨大公鹿。

望遠鏡圓形的畫面中使他聯想起傳說中宗教最初的伊甸園。

「應該是同樣美麗且富裕的樂園吧——」

那些奔跑著無數馴鹿的港灣，因為移民日漸增多，也因為他們對鹿皮大量的欲取欲求（據說：每天曾經有數千鹿皮成綑上船運走的壯觀紀錄），大家自然就把港灣叫做「鹿的港灣」。

曾經在歐羅巴的森林裡陪伴侯爵打獵的甲必丹，也不曾看過這麼多的鹿，使他在陶醉於財富的同時，一不小心，以為那鑽動在灰黃土地上的灰黃的移民，也是另一群形色不甚漂亮的鹿群。

他們當然不是鹿！

當甲必丹用手指著那一片他聯想到伊甸園的山川，大聲叫出「福爾摩沙」一時，那些灰黃的生命，誤以為是甲必丹下達逮捕或屠殺的口令，便一瞬間消失，鑽進船艙的鑽進船艙，或匍匐在灰黃泥淖中、如假死的螞蝗一般，銷聲匿跡，一時沒有了蹤影。

（所以「福爾摩沙」竟是一個榮耀的辭彙嗎？或者，「福爾摩沙」只是歐羅巴下達掠奪與屠殺的口令的序幕？）

有一天，把「福爾摩沙」當作洋洋得意的讚美來誇耀的我，或許已經遺忘了我自己身上那個久遠以來一直存在、至今也未曾消失的灰黃灰黃的基因吧。

「偉大的『福爾摩沙』！」我像詩人一般歌詠我居住的島嶼，卻不知道為什麼覺得莫名的酸辛，汩汩流下了熱淚。

比起很低卑很低卑的生存，「愛」這個字其實非常虛假。

甲必丹非常清楚告訴自己祈禱日課中每天唸誦的「愛你的鄰人」這句基督訓示多麼不可相信。

他相信手中握著的火藥槍管一旦失落，那些灰黃的東西就會用石頭砸爛他的頭顱，搶奪他帽子上的白色羽毛，剝光他的藍色制服，白棉內衣，他緊緊的綁腿，以及那一雙淨亮的黑麂皮鞋子。

是的，那些灰黃的東西，當然不會相信什麼「愛你的鄰人」的他媽的基督訓示，他們也不會相信他們文化中的孔夫子說的什麼「仁義」，或媽祖的「慈悲」。

（只要有機會，他們會盡全力自相殘殺！）

這一點，甲必丹非常清楚，而且變成他處理蕃社與漢移民的一種陰險的權謀。

他逐漸發現他可以把火藥交給蕃社頭目，用來換取六千頭鹿的鹿皮；正當頭目準備用這些火藥消滅那些灰黃的移民時，甲必丹又交了一批火藥給這些灰黃的移民，換取了八千張剝好的鹿皮，以及兩百麻袋的稻穀。

甲必丹發現：鄰人在這個島嶼相互屠殺是長久的宿命。

「神的詛咒——」甲必丹搖搖頭，嘆了一口氣。

但他沒有悲憫！

他最近的權謀是發現灰黃的移民中有一小撮不來自泉州的移民，他們被稱為「漳州人」。

一小撮「漳州人」，生存艱難，他們佔不到好的沃土，常常在稻穀剛收割完就被搶劫，被殺死了半數的人，房屋放火燒，財物搶劫一空，「漳州人」都知道是「泉州人」幹的好事。

他們在一起的時候，都是灰黃灰黃的，不容易分出差別。

但是甲必丹發現了，他逐漸讓這些一大團的灰黃中有了不同層次的灰黃。

「賣他們火藥，可以賺到鹿皮、稻穀，也可以讓他們自相殘殺！」

（最重要的是讓他們自相殘殺，整個歐羅巴的王室都知道，亞洲大得是一頭巨象，吞不下去，只有讓他們自相殘殺！）

漳州人和泉州人開始械鬥，用從歐羅巴甲必丹那裡換來的火藥，轟垮了對方的土牆。

在毀圮的灰黃色的土牆瓦礫之間，躺著缺腿缺手，哀嚎著的灰黃色的動物。

歐羅巴甲必丹給的火藥品質低劣，裡面填塞了許多無用的廢土和蔴布屑，因此，爆炸時威力不大，敵人只是炸斷了手腳，或傷到眼睛，臉上留下一塊爛疤，一隻眼睛再也看不見天日。

火藥在不同的土牆間偷偷被傳遞，泉州人的火藥，漳州人的火藥，後來歐羅巴甲必丹也發現了一種叫「客家」的移民，也是灰黃的人種，他們也密謀著用火藥偷襲泉州和漳州加起來合稱的「福佬人」。

原住民的頭目早已失勢了，他們頭腦單純，很早就在爭奪的權謀中失去了競爭力，逐漸從富裕的港灣退走，被一步一步驅趕到深山靠狩獵為生。

（你應該怨怪誰呢？島嶼的生存法則其實是赤裸裸的弱肉強食！）

當一名英挺的少年站立在港灣邊眺望著海洋時，空氣裡瀰漫著蚵田中騷動不安的新鮮的腥氣，是一種生命過度生猛強烈的氣息。

歐羅巴的甲必丹被南中國海的一支艦隊擊敗，簽訂條約之後，整批人退回到印度支那半島。

許多從灰黃中洗滌出藍色布紋的年輕男子站在碼頭上，看甲必丹退走時頭上的白色羽毛，仍然那麼意氣風發地飛揚著。

一名女子偷偷躲在木樁後輕聲低泣，她望著退走的船隻上一名紅毛的水手，似乎也在眾多碼頭上的人群中尋找什麼。

許多年後，那女子都忘不掉紅毛水手焦慮無奈又充滿眷戀的眼神。

在偷襲、詭詐、屠殺與搶掠的歷史中，也有一名灰黃的婦人偷偷愛戀了遠洋來的異鄉的紅毛水手，懷下了那個異鄉人的孩子。

婦人含著鄰人的竊竊私語，生下一名男嬰，她望著啼哭時嬰兒十分醜陋的臉，卻一心一意相信這男嬰將英挺地站在碼頭上聽母親講述父親的故事。

原載二〇〇七年二月號《聯合文學》第二六八期

攝影／梁鴻業

少年東埔

溫泉蒸氣與高山嵐霧，
迷濛交織如謎，遊人紛至沓來；
蒼苔青青，八通關古道被時間的
迷霧截斷；若要往台灣的最高處，
登山起點在此。

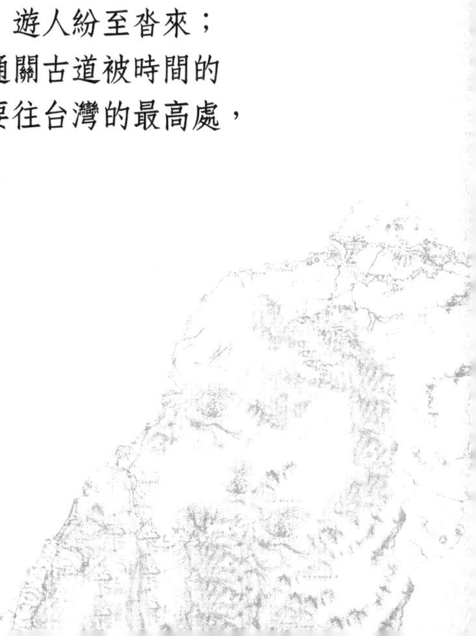

他想起了遺留在刮鬍刀上的一點毛髮的殘屑，那裡面據說有隱密的人的基因，有子孫和先祖永遠切不斷的血緣的聯繫。

他好像從很長的睡眠中醒來，看著車窗外一片一片慢慢逝去的風景，那些樹，和陽光一起在風中搖曳的葉子，那些灰灰的房舍，牆上貼著花花綠綠的各式招牌，那些騎摩托車或行走的路人，那些蜷窩在街角的流浪狗，或者忽然不經意看到的飛上天空去的一隻鴿子……

他無意一定要看什麼，只是漫無目的，也漫不經心地瀏覽。

車窗，像一個電腦視窗。他的眼球，像是自動感應的滑鼠，點選著自動播放的畫面，車窗裡就流動著不同的影像……

很真實的影像，但似乎都與他無關。

他搖晃一下頭腦，覺得那些影像，出現、消逝，都沒有停留容納在頭腦裡。那些影像只是在視窗上流過，這麼多影像，影像與影像之間，沒有必然邏輯的關係，它們只是在形成，然後就徹底消失了。

「我們以為會留住什麼，其實不會，什麼也不會留下！」他和那個法國女友分手時這樣說。

法國女友叫路易絲，褐色的短髮，灰藍色的眼睛，薄嘴唇，穿著一雙德國拖鞋，圍一條印尼蠟染的花布裙，在城市街口最熱鬧的地方，推一個小車，賣法國的捲餅。

「Cr`epe——」路易絲把餅遞給他，並且噘起嘴唇，教他法語「捲餅」的發音，唸到結尾pe的音時，就翹起薄薄的嘴唇。

他笑了，故意逗弄路易絲說：「妳發音的樣子好像要接吻！」

路易絲沒有生氣，便吻了他臉頰一下。

他很好奇，路易絲是他第一個西洋女友，他好奇她的膚色，她的褐黃帶麥金色的髮絲，她腋下和陰部的比較深色的毛髮，他好奇，不知道為什麼對一個不同種族的女人有這麼多好奇。

他覺得有些抱歉，對路易絲說：「我們分手吧！我以為是愛妳，可是我發現只是因為好奇！因為好奇，很難長久，因為好奇，一剎那就消逝了！」

路易絲哭了，但她沒有說什麼，坐在他的床上，兩手環抱著自己，看著他桌上的電腦，視窗裡自動跑著一些歐洲名模的展演秀照片，穿著禮服的，穿著上班制服的，穿著泳衣的，穿著休閒服或內衣浴袍的……不同的歐洲女人，一個一個走過，很做作地擺出姿態。

「你現在不覺得我唸Cr`epe的時候，那個pe的發音像接吻了嗎？」

路易絲噘起嘴唇，發了一個pe的音，自己做了一個鬼臉，破涕而笑。

他有點心動，過去抱了路易絲一下。

他覺得自己不負責任，可以為一個法國女人翹起嘴唇的發音而瘋狂戀愛起來，當然這樣的戀愛也跟法國捲餅一樣脆而薄，難以持久。

是為了路易絲的離去而來東埔的嗎？

他看著車窗外逐漸改變的風景，車子盤旋在山路上，逐漸看到山腳下的城市慢慢遠了，路的兩邊多了檳榔樹，小畦的茶田，一些獨立在田地台地間的斜屋頂民居。

他把原來抱在身上的背包放在兩腿之間，泛白的舊牛仔褲膝蓋處磨破了一個裂口，他抽起破口邊緣一絲一絲的白色粗纖維，裂口撐開，露出他黝黑的皮膚，皮膚上粗粗的體毛。

從十三歲開始，他發育快速的身體常常渴望女人的肉體，一種朦朧模糊卻又異常巨大強烈的慾望，好像在自己的身體每一個細胞裡鼓動，一種脹大的慾望，一種充滿的慾望，一種噴射與傾瀉的慾望。

慾望像慢慢煎熬的火，使他全身炙熱，然而四周的環境卻禁制這一切的表露。

他在晚餐桌上面對著寡居多年的母親，母親白淨的臉上有一絲不悅，母親端著飯碗，卻直瞪瞪地看著他。

母親從不避忌這樣凝視他，彷彿要檢查他內在每一個角落的隱私。

他假裝快速地刨著飯菜，希望借此逃避母親的視線。

飯和菜都沒有氣味，奇怪，多年來，母親的寡居，使家裡的飯失去了米的氣味，魚、蝦沒有腥味，肉類也沒有彈性，每一片菜葉都像一張一張空白的紙。

他害怕那沒有氣味的房間，他常常逃出去，奔跑在山裡，聞到狗的糞便，雞的糞便，鴨的糞便，聞到在泥土裡腐爛葉子的氣味，聞到整個山谷裡溪流陰暗潮濕的氣味，青草的氣味，死蛇的氣味，那些氣味彷彿使他甦醒了過來。

他有一次匍匐在路易絲的下體，聞到溪谷裡的陰濕，他深深吸一口氣，彷彿要從那陰濕的氣味裡取得某一種生命的元素，使他可以面對母親冷冷的視線。

但是，他躲避不開，母親的視線像毫不妥協的銳利的箭，筆直射來，不容有一點躲閃。

母親說：「怎麼鬍子都不刮？」

他吃了一驚，放下碗，下意識用手摸了一摸，嘴唇上一排硬硬刺刺卻又柔順的髭鬚，下巴處也有，甚至蔓延到下顎、兩腮、鬢腳，還有胸口。

他臉漲得通紅，彷彿最隱私的祕密被母親窺探到了，他忽然想起私自洗浴時看到自己腋下的毛，下體的毛，有一種恐懼，他想，母親是否什麼都看到了？

那天晚餐後，母親交給他一個陳舊的黑色盒子，他打開看，是一支刮鬍刀，黑色的圓柄，可以旋鈕開，下面是不鏽鋼的刀片夾。

「這是你父親以前用的刮鬍刀，十六年來沒有人用，可是我保存得很新。」母親說。

他坐在浴缸旁，白色的浴缸，白色的馬賽克瓷磚，白色的日光燈，白色的鏡子，他手裡拿著一支刮鬍刀，一支父親用過的刮鬍刀，他試了一試，把肚臍以下新生出來不久的一片黑毛刮出一道白痕，他又試了一下大腿內側，又在濃密的體毛中刮出一道白痕。

他看著自己初初發育的肉體，好像一個鼓脹的皮球，他想，我要刮去所有的體毛嗎？

路易絲說他的體毛很好看，摸起來很舒服，聞起來像陽光下的麥草，他跟路易絲去了島嶼南端的海邊，他們做愛，做愛完路易絲睡熟了，他悄悄起來，找到旅行袋中那一個裝刮鬍刀的黑盒子，走到外面，聽到大海的濤聲，好像正是漲潮到了最高，就要開始退潮了，他使勁用全力把黑盒子遠遠拋出去，一個小小的黑點，一點聲響都沒有，很快就被大海吞沒了。

他離開了路易絲，也許他想離開另一個母親，他想留下不刮的鬍子，獨自到一處高山之地。

「這就是我來東埔的原因嗎？」

他走在山路上，遠遠可以看見沙里仙溪在山谷裡潺潺流去。

有一些登山的隊伍和他擦肩而過，彼此打了招呼，但都不多言語，他覺得登山的人有一種山裡岩石的沉默，放下背包，靠著背包一坐就不動了，真像一塊岩石。

登山的嚮導是一個姓伍的少年，大約十八、九歲，一臉絡腮鬍，濃濃的毛髮裡流動著一雙閃亮著喜悅的眼睛。

「我叫小伍——」他伸出手。

「我姓王——」他握到一隻也如同岩石一樣硬實的手掌。

「來登山嗎？」小伍問。

「不，隨便走走——」

他們彼此望著，有一點訝異，首先是他們的鬍鬚太像了，都是年輕人，卻有著這樣濃密的鬍鬚。

「你幾歲？」小伍又問。

「剛滿二十歲。」

「我十九！」小伍高興地回答，但似乎兩個人都弄不清楚為什麼高興。

「你不覺得你跟我長得很像？」小伍終於忍不住直接地說。

他笑了，在一圈髭鬚間笑出紅紅的唇和白白的牙齒。

「我看不到我自己！」他還是忍不住笑。

小伍也笑了，他越來越覺得像是早上起來照鏡子，他說：「可是我看得到你啊！」

山谷裡有回音，一個句子的最後幾個音在四處迴盪，「——看得到你啊——」「看得到你啊——」

小伍追問了很多問題，諸如：「你是布農族嗎？」

「你爸爸有原住民血統嗎？」

「媽媽呢？是不是東埔人？」

許多他在城市裡覺得不應該和初次見面的人談的問題，小伍都毫不忌諱地一一追問。

「我不知道——」他想了一想：「媽媽說，我一出生，父親就去世了，我沒有見過他——」

「你看過他的照片嗎？也有這麼多毛？」小伍還是很好奇。

他搖搖頭，他從來沒有看過父親的照片，連父親跟母親在一起的照片也沒有，連他們的結婚照也沒有。

（他忽然想起那個拋向大海的黑色盒子，裡面躺著一支父親用過的刮鬍刀，或許，那上面有一點父親殘留的毛髮吧，那是我唯一與父親的聯繫嗎？我竟把它給丟掉了！）

「這條路是很古老的一條路。」小伍指給他看。

「八通關古道？」他在網路上看到這個名稱。

「是，很早很早以前，人們就從這裡登上島嶼最高的山——」小伍說。

（他們是獵人的後裔，在這裡製造石斧。把尖銳的石頭磨成石簇，用來射獵山裡的野豬、黑熊、飛鼠……）

「有雲豹嗎？」他問。

「那是很久很久以前的傳說了。」

小伍說：「他們很久不打獵了，獵人變成了農民，種植小米。」

（小米豐收的時候，他們手牽著手，圍在小米四周唱歌。）

「你會八部合音？」他問。

「會，我從小參加祭典——」小伍很高興，哼了幾個音，幾個音就在山的四處迴響起來。

（他好像想起了什麼，想起了遺留在刮鬍刀上的一點毛髮的殘屑，那裡面據說有隱密的人的基因，有子孫和先祖永遠切不斷的聯繫。）

但是這樣在四山響起的旋律也彷佛是另一種基音，他忽然覺得好熟悉，有什麼朦朧模糊卻又巨大強烈的東西在他身體內鼓脹。

「啊——你也會唱？」小伍驚訝地說。

他搖搖頭，淚水充滿了眼眶，他不知道說什麼，他會唱嗎？還是不會唱？

（這個他媽的叫「東埔」的地方，我到底與你有什麼關係！）

他揹起背包在山裡快步走去，好像想甩脫什麼糾纏著他的鬼魅。

他越走越快，溪谷裡的水聲嘩嘩不斷，加上黃昏的山風，響成一種奇異的合音，一種泛音半音階的合唱，那像是從外面又像是從心裡響起的聲音。

他有些昏眩，發現自己站立在一處陡峻的懸崖峭壁前，一失足可能粉身碎骨，然而有一雙堅定的手臂緊緊抓住他，他回頭一看是小伍，一張和自己一模一樣的滿是鬍鬚的臉。

「小伍——」他還是覺得昏眩，不知道自己怎麼走到這條路上。

「這是父子斷崖——」小伍說：「太危險的峭壁，父子也不能相救，所以叫父子斷崖。」

他看到不遠山坡上有一些罹難者的紀念碑，標記著不同的年月，他很仔細地看，彷彿那裡面記註著自己的生死一樣。

「過了這裡，就上玉山了！」小伍說：「在這裡過一夜，明天一早帶你去看日出。」

他忽然想起應該帶著那盒子裡的刮鬍刀一起跟小伍去看日出。

原載二〇〇七年三月號《聯合文學》第二六九期

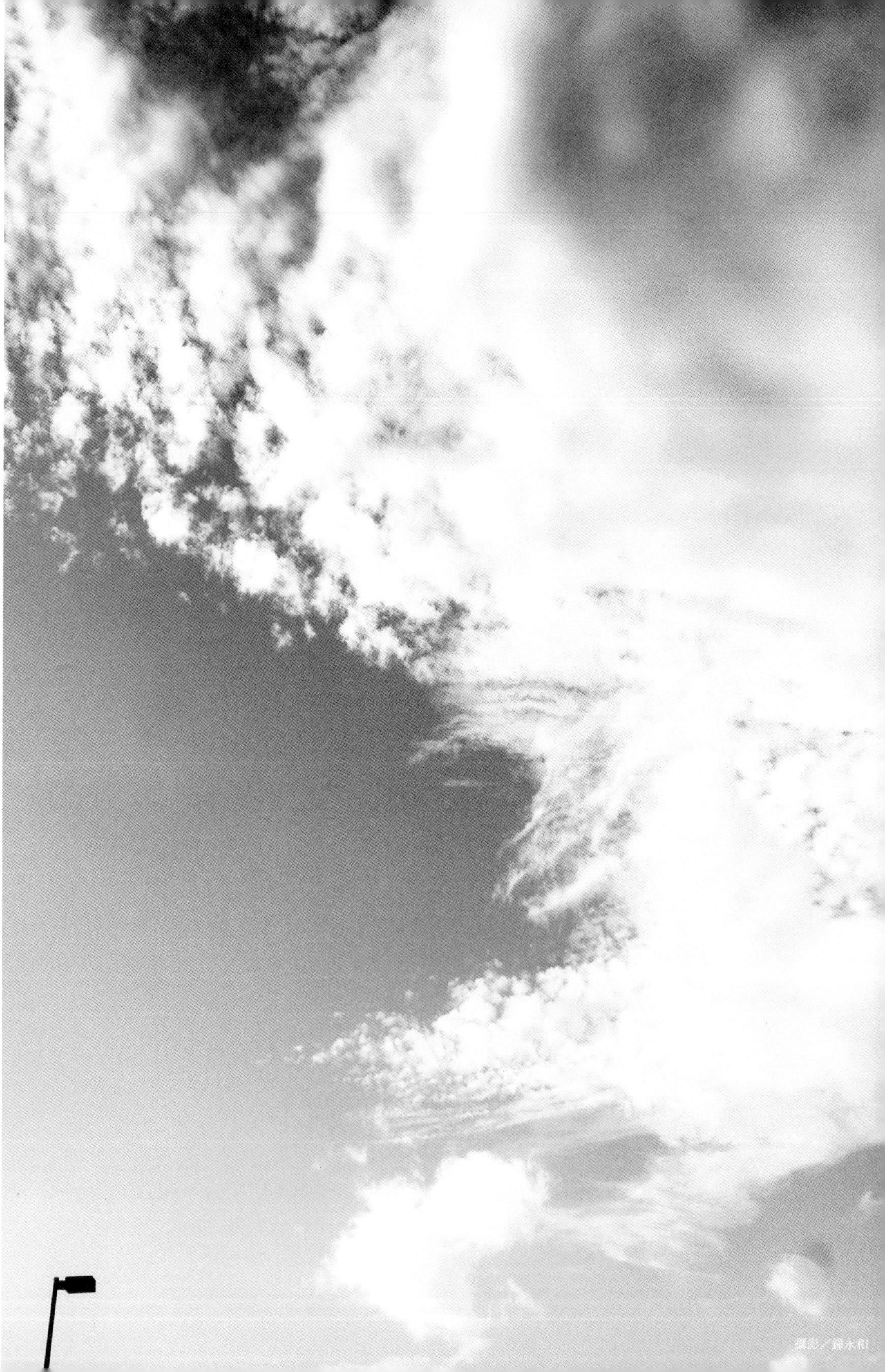

攝影／鐘永和

少年古坑

平原往樟樹竹林那頭，
大山如巨獸弓起背脊，
一雙不眠的咖啡豆，
白日烘焙成黑夜，
夢仍孵著阿拉比卡，
香味如藤蔓探入鼻腔。

在山坡上快速奔跑，多年來，成為她從學校回家的路途中最快樂的玩耍。

學校就建設在山坡上，往上看可以看到巨大的樟樹林，樹林後面再往上，還有繼續隆起的大山。大山蹲踞著，像一隻沉睡著的巨獸，拱起高高的背脊。

有時候，她從教室的窗戶望出來——她被老師命令趴在課桌上，這是中午的午休時間，每一個學生都必須遵守規定，一動不動，匍匐著，即使睡不著，也要假寐一小時——她因此趴在桌上，臉貼著桌面，斜乜著眼睛，仰望窗戶外面那大山拱起的背脊。

看著看著，她感覺到那背脊在呼吸，起起伏伏，很緩慢的呼吸，好像要從沉睡中醒來了。她驚慌起來，感覺到地在動，整個教室搖晃起來，她大叫：「怪獸醒來了，快逃命啊——」

那是一次大地震，據說鄰近的城市死了不少人，坍塌了很多房子，可是古坑還好。

「古坑還好——」阿伯劈著竹子，慢悠悠地說：「古坑人少，房子倒了，壓不了幾個人。」

所以古坑的人不怕地震，她從小聽到這奇怪的結論，似懂非懂，也不關心。她只是十分懷念那一次怪獸背脊起伏的畫面，她在美術課上用蠟筆畫了學校前面一座大山。大山是一隻臥著的獸，有點像水牛，長著山羌頭上短短的角，還有穿山甲一片一片厚厚的鱗片，她畫著畫著，那怪獸轉過來看她，她心裡一慌，塗錯了顏色，很懊惱，整張畫就留下了一塊怪怪的顏色。這是美術課作業，她交給老師，下一週發回來，老師用紅筆批了一個大大的丙，還加上兩個字：草率！

她不在乎！

她把那張畫放進書包，把書包斜掛在肩上，書包的帆布帶有三指寬，勒在她的胸前，恰恰好在兩隻剛剛發育的乳房之間。當她在山坡上奔跑時，布袋粗硬的纖維就磨著磨著，好像要陷進肉裡去。

「幸子，等我——」她的弟弟茂雄也下課了，看見她，便大聲叫。

她頭也沒有回，加速度向前衝，一瞬間就竄進山坡不遠處的樹林間。在幽密的林間小徑跑了一會，確定弟弟追不上了，才停下來，靠在一株榕樹幹上聽自己的「怦」、「怦」心跳。

榕樹一絲一絲的長長鬚根拂在她臉上，她故意用臉頰去觸碰這些鬚，好像在跟老朋友親暱玩耍。

有一群虻蟲圍著她，嗡嗡嗡地，很吵。她乾脆爬上樹。榕樹多橫枝，很好爬，對幸子而言，連筆直的檳榔樹也難不倒她。她身體輕，四肢長，三手兩腳就攀上檳榔樹的頂端，摘著檳榔往下丟，打到茂雄的頭，茂雄爬不上來，又挨了打，哇哇地哭。

幸子高興得意地笑了，表演特技，一隻手勾住樹幹，像體操選手，雙腳併攏平伸，並且大叫：「茂雄，你看，我要飛了——」

茂雄抬頭看，嚇得忘了哭，呆呆睜著大眼睛。

她討厭茂雄老跟著她，拖著兩條黃黃髒髒的鼻涕，動不動就哭。

她喜歡一個人爬上樹，特別是榕樹，榕樹不但橫枝很多，也夠粗壯，可以整個人躺在枝椏上，樹葉又夠濃密，躺在那裡，靜靜不動，聽蟬的叫聲，聽鳥的叫聲，聽樹葉間的風聲，聽山坡上嘩嘩跑過一群下課的小學生，或汪汪跑過一隻野狗，有時候遠遠聽到茂雄叫「幸子——幸子——」聲音越來越近，最後就停在榕樹下，茂雄似乎知道她就在樹上，但是她的身體被密密的樹幹和樹葉隱藏得很好，茂雄找不到她，仍然「幸子——幸子——」聲音又越叫越遠去了。

這是她一個人的世界，學校教地理的老師拿著一個圓圓的地球儀，告訴她們「這是美國——」「這是俄國——」「這裡是南美洲——」

「世界很大，你們將來要走出古坑，去看外面的世界。」老師說。

但是幸子的世界就是這一棵巨大的榕樹，這一個放學後可以不回家的午後，蟬一直叫，她睡著了，做了一個悠長的夢。

蝴蝶一群一群飛來，紫藍色的翅翼，灑著金色的小點，像夏天夜晚的星空。

蝴蝶越聚越多，圍繞在幸子四周，彷彿同她玩耍，她閉著眼睛，感覺到蝴蝶搧起的風，彷彿她自己搧動的睫毛，有一點癢，她笑起來，笑聲像山澗裡長長的溪流，流到很遠很遠。

大伯說那個很遠的地方要坐火車去，她沒有看過真正的火車，在書本上火車看起來像一個長長的黑色盒子。

蝴蝶就密密聚集成一條長長的黑盒子，翅膀依靠著翅膀，輕輕搧著風，托著她的身體。

於是，幸子飛起來了，飛到和天空的雲一樣的高度，雲像一朵白白大大的棉花糖。幸子伸出舌頭舔了一下，甜甜的。雲卻沒有變小，忽然變成披頭散髮的女巫，長長尖尖的鼻子，一頂黑帽子底下露著稻草梗一樣的頭髮，騎著一把掃帚，來來回回地飛。

幸子知道是來找她的女巫，是茂雄派來找她的，她一潛身隱藏在蝴蝶中，蝴蝶覆蓋在她上面，女巫找不到，她有一點緊張，又有一點開心，她想，要隱藏得更好一點——

左顧右盼，她找到了密密的一群蟬聲，叫得密不透風，她想，躲藏在蟬的叫聲裡，也許是更好的辦法，她就「咻」、「咻」兩聲使自己變成一種聲音，夾雜在亢奮的蟬聲裡，女巫完全看不見她了。

變成一種聲音，不再被他人發現的聲音，她像一枚硬果殼裡的種子，很確定自己存在，但是其他人是不知道的，茂雄找不到她，老師也找不到她。

大伯常常切開一枚乾核果，給幸子看裡面蜷縮的果仁，「就像一個胎兒，躺在阿母的肚子裡，被保護得很好——」大伯說。

大伯每天劈著竹子，把竹皮片成一條一條細絲，用來編織各式各樣的用具，裝筷子的竹簍，盛食物的籃子，篩米的籮，刷碗鍋的刷子，也編成夏天睡起來冰冰涼的竹蓆。

「大伯，誰教你的啊！編得真好看。」幸子看著各式各樣的花紋，讚嘆地說，她覺得大伯是世界上最讓她敬佩的人。

大伯笑呵呵的，「誰教的啊——沒有人教啊，是天上神仙教的，看到沒有？」

大伯指著天上一朵雲，笑呵呵地回答幸子。

幸子很高興，她完全相信大伯的話，因為學校的老師也無法教她什麼，只會在她的畫圖紙上用紅筆批一個大大的丙。

「為什麼要去學校讀書，學校老師笨死了，什麼也不會教，我跟大伯學編竹簍，好不好？」幸子纏著大伯撒嬌。

大伯呵呵笑，手上的竹絲沒有停，用眼睛瞅著幸子：「你們要走出去的，坐火車，到很遠的地方，到繁華熱鬧的都市，去賺大錢，做大事，這個小小的鄉村，留不住你們——」

就是那一次，幸子知道出去外面要坐火車，一種很長很長的黑色盒子，可以把人帶到很遠很遠的地方去。

「我不想出去，我跟大伯學編竹簍——」

她有一些感傷，爬在大伯的腿上，聽竹絲纏繞的聲音，眼皮沉重起來，睡著了。

如果可以睡很久很久，醒來發現大山不見了，怪獸醒了，離開了古坑。古坑變了，古坑砍了很多樹，山坡上開發成一片一片種咖啡的田圃，連吹過來的風都有咖啡的氣味，那時，她是不是已經不再是初初發育的少女了？

蝴蝶托著她的身體緩緩上升的夢，一直停留在腦海裡，她在一個美術課中又畫了這樣一張畫，成千上萬的蝴蝶，托著一個少女的身體，飄到雲端，少女臉上有喜悅的微笑，正和旁邊飄浮的雲打招呼。

她的這張畫又被美術老師批了一個丙。

她下課以後跑得更猛，脫掉鞋子，赤著腳跑，踩到碎石子，踩到尖刺的荊棘，踩到咬人貓，沾上葉片上的毒液，小腿紅腫了一片，又痛又癢，她吐一口唾液，揉揉搓搓，把鞋子綁在頸子上，又繼續跑。

她感覺到身體裡有什麼東西在變化，胸部老是漲漲的，有點腫痛，但又好像什麼東西在飽滿她的身體，覺得幸福。

學校早熟的男同學會看著她的胸部繃在制服底下，目不轉睛，她回瞪一眼，男孩子靦腆，一溜煙跑掉了。

像茂雄一樣的男孩子，瘦瘦長長的，沒精打采，卻總跟在身邊繞來繞去。

「男孩子真煩——」她想。

她跑去找大伯的時候，大伯正躺在一株大欖仁樹下面午睡。短褲下一雙很壯實的毛毛腿。

大伯三十八歲，一直沒有結婚，村落的鄰居竊竊私語很多年，他還是沒有結婚，竊竊私語逐漸安靜下來，變成一個同情的語調：「一個老頭子，無妻無兒，可憐——」

她想不通，為什麼三十八歲就是老頭子了，父親冷冷地回答：「山仔坳裡啊，不年輕就是老頭子了——」

父親好像看不起這個「大哥」，常常支使他工作，罵道：「編那些竹簍、竹篩的，做什麼用啊，不會去幫忙餵豬食嗎？」

大伯一語不發，就去料理豬食了。

「大伯，你不老啊——」只有她親近大伯，她說：「你是這個村裡最不老的人——」

大伯偷偷笑了一下，看她一眼，好像他們彼此有私自的祕密，別人都不知道。

「我可能跟大伯結婚嗎？」她小小的頭腦裡閃過這樣一個念頭，一個編著細竹蓆的男人和一個被蝴蝶托著飛起來的少女，一起坐在雲端。

她從雲端看下去，密密麻麻都是村民們的指指點點，還有那個臃腫肥胖的美術老師，拿著她的畫給眾人看，那畫上用紅筆批了大大一個丙，大家都嘲笑地拍手，她覺得震了一下，彷彿要從蝴蝶翅膀上跌落下了，幸好有一隻手臂緊緊握著她，是大伯，當然是大伯，這個手可以編一切美麗的東西，小時候編草蚱蜢給她玩，現在握著她的手臂，坐在高高的雲端，不會被震耳欲聾的村民的竊竊私語干擾，他附在她的身邊說：「聽蟬聲，蟬聲好聽——」

她瞬間就變成了蟬聲，躲在一大片蟬聲中，沒有人發現她，但她發現大伯也是一聲蟬聲，最高亢的那一聲蟬，持續地叫唱著。

龍眼熟透的香味四處瀰漫，風裡面甜甜的，招來很多昆蟲，蜘蛛結了絲網，她在網內攀爬，像馬戲團的空中飛人，牽著一根絲，在空中盪來盪去，每一次飛出去，就有一雙手抓住她，使她在身體向下墜落的時候又被拉了起來，她知道那是大伯的手，但她看不到大伯，大伯出走了，村民們沸沸騰騰，說他姦污了一頭母羊，沒有臉在村裡待下去，因此趁著夜晚便溜到城市去了。

幸子坐在村子口哭了很久，她在一棵大龍眼樹的枝椏上發現了一隻編得極精巧的小籃子，小籃子上全是手工編出來的蝴蝶的花紋，她知道，這是大伯給她最後的禮物。

「大伯不會再回來了，他坐火車去了很遠的地方，那個我長大也要去的地方——」

幸子藏著那一隻籃子，一直到她去都市讀高中的時候，籃子上的蝴蝶像歡呼一樣，每一扇翅膀都在顫動，於是她聽到了第一次火車長長鳴叫的聲音，車輪磨擦鐵軌的聲音，窗外的風景奔馳了起來。

原載二〇〇七年四月號《聯合文學》第二七〇期

攝影／翁翁

少年笨港

荷蘭人繪製的古地圖寫著「Pon-Kan」，
浮現於信徒心中，名字叫「媽祖」，
心靈往同一個圓心朝拜，
天空的表情慈祥。

十七世紀，台灣島西面沿海出現了很多來自歐羅巴洲的大船。

通常好奇跑到海邊去張望探聽的都還不是漢人。「漢人那時候還遷來的很少。」阿豐師這樣解釋。

他說：「那時候這條溪的兩邊住著一些番仔——」（通常阿豐師的語言中也沒有「原住民」這些文縐縐的辭彙）

「番仔就番仔——幹！」阿豐師向地上吐一口痰：「什麼『原住民』，我攏聽無——」

他繼續解釋，當時的「番仔」有一個「社」就叫「笨港」。

「**Pon-Kan**——」阿豐師覺得這樣發音比較像他口中的「番仔」的發音。

「紅毛的荷蘭人也這樣講『**Pon-Kan**』，笨港，笨港——就變成『笨港』了啊——」阿豐師捲起褲腿，靠在一個石啞鈴上，把嚼了很久的檳榔吐掉，地上一灘一灘新紅和舊紅的血跡一樣的檳榔渣的積垢。

阿豐師是北港廟埕一帶最有名的武術館中的練功師，從小跟著跑江湖賣藥的老師父一個廟會一個廟會跑碼頭。在廟前演歌仔戲的戲台邊劃一個圈子，表演幾套吸引人的武功把式，耍一套刀槍。趁著人潮多了，密密麻麻圍了幾圈，年少的徒弟阿民就一面反過銅鑼求賞錢，一面把宣傳了好一會兒的「運功散」推銷到眾人面前。

圍觀的民眾通常分兩種，一種人一見來要錢推銷藥了，立刻一哄而散，假裝兩袖清風地走掉。

還有一種是當地的少年人，十五歲上下，對江湖武術把式特別有興趣，就站定不動，拿過「運功散」，翻來覆去仔細察看，並且印證阿民身上鼓鼓的肌肉，問道：「確實有效？」

阿民當然猛點頭：「每天早晚都吃，吃了好力氣，長好肉，練功氣也順！」

「確實有效！」一個少年認真地詢問。

那個少年特別清秀，一頭烏黑烏黑的長髮，齊耳根，刷梳整齊，細長的眉毛，黑白分明的眼睛，小巧的鼻子和嘴，像阿民看過的歌仔戲裡女扮男裝的小生，特別好看，好像兼具一種男性沒有的嫵媚和女性沒有的英氣。

「你笨港人？」阿民問。

少年還在細看運功散，看了阿民一眼，說：「北港！」

「有在練功嗎？」

「很想練，沒有人教！」少年說。

阿民覺得少年的聲音很特別，水水的，在喉頭發出聲音滑順輕靈，不像發育的男子那種被喉結堵住的粗重沙啞的聲音。

他又發現少年沒有喉結，很優美而細長的頸項，細細的髮絲也像少女。

阿民看別人看久了，有點失態，紅了臉，心怦怦跳，但是跟師父跑江湖走廟會慣了，阿民每天跟三教九流的人打交道，自然不會透露自己的靦腆羞赧。他用力嚼了幾口檳榔，假裝沒有在觀察這清秀的少年，把運功散舉得高高的，大聲嚷嚷：「最好的運功散，一吃有效，練得一身好功夫，保證強身——」

阿民跟幾個黝黑粗壯的少年攀談起來，一談得高興，脫了外衣，裡面穿著紅色線背心，露出一身結實肌肉，他一運氣，胸肌鼓動起來，像兩隻活的兔子，上下竄動，圍觀的群眾不禁鼓掌叫好。

阿民還抓著一個少年的手說：「碰碰看，你就知道力量。」

少年手掌按在阿民胸肌上，阿民再度用力吸氣，胸肌鼓起來，少年咋舌，做了一個驚奇的表情。

阿民一眼瞥見那個清秀少年也在群眾中，只是站得稍遠。

阿民舉起石啞鈴，向上推舉幾下，肩膀和手臂的肌肉一塊一塊暴突起來，阿民漲紅了臉，啞鈴舉到頭頂，大家狂呼喝采，阿民弩了一會兒氣，大叫一聲，把啞鈴丟擲在地上。

啞鈴「轟」的一聲，砸在地上，不動了，廟前廣場的土埕上卻印下了一個深而安靜的痕跡。

群眾散去以後，阿民獨自坐在啞鈴的橫槓上，覺得燠熱，把練功褲的褲腰也向下捲，拿了兩張舊報紙當扇子搧。

阿民剃著光頭，青青的頭皮，髮根很粗，一粒一粒，摸起來像柚子的皮。

他有一道像武俠小說裡形容的「劍眉」，很明顯的單眼皮，豐厚的嘴唇，因為整天練功，來往的極多是販夫走卒，阿民也養成大喇喇不羈的個性，但是，他的眉眼其實有一種俊帥之氣。

他看到朝西邊的落日渲染了一片金紅色的光，聽阿豐師父說：明朝天啟元年，顏思齊就是從笨港溪入海的河口登陸，趕走了荷蘭人，在溪的兩旁建立了十個寨子，開始了漢人移民的墾荒歷史。

老師父說：「顏思齊其實就是海盜——」

阿民因此幻想起海盜的模樣；頭上包了布巾，一臉絡腮鬍，滿臉橫肉，或者只有一條手臂，或者只有一條腿，獨臂的手上總離不了一管土槍，看到人就「碰」、「碰」、「碰」，一槍倒一個人。

阿民無法理解他腦海裡的「海盜」可能是童年蹲在廟口看西洋或日本漫畫裡的印象，有時候斷掉的手腕上還接了一支鐵的彎鉤，可以當作武器。

少年夢裡的英雄就是漫畫裡的海盜。

「海盜把荷蘭人趕走了，笨港變成了漢人墾荒的領土——」阿豐師這樣說。

「荷蘭人也是海盜啦——」廟口的歐吉桑指正阿豐師：「不是海盜跑這麼遠來幹嘛？」

阿民把裝滿鐵沙的袋子綁在小腿上，他從小為了苦練輕功，一直有綁鐵沙跑步的習慣，聽人說，每天這樣練，有一天解了沙袋，可以飛簷走壁，輕如飛燕。

阿民沿著新建好的河堤一路跑下去，河堤蓋得高，跑在堤頂上可以眺看大溪，也可以看到新發展的市鎮櫛比鱗次的的房屋屋頂。

「海盜的寨子不知道什麼樣子？」阿民一面跑一面這樣想，有無限嚮往。

遠遠聽到鞭炮聲，很熱鬧地劈里啪啦亂響，也有嗩吶聲哇哇吹起來。

朝天宮的廟會又要開始了，阿民喜歡廟會，廟會像一種肉體裡的慾望，他在舉石啞鈴的時候，那些暴戾的血管很像廟會的聲音和氣味，硝煙和硫磺燃燒的氣味，植物香末和金紙的氣味，空氣裡有不斷炸裂的聲音，阿民舉著石啞鈴，覺得身上好多氣味噴出來，像火山一樣爆發，他喜愛那種熱烈爆炸的氣味。

阿民有一次參加過火，抬著神轎，赤腳踩踏過大約一百公尺長燒紅的炭，看不見火焰，有人在炭上灑鹽，阿民聽到各種樂器的聲音，大鼓咚咚咚咚，小鑼嗆嗆嗆嗆，嗩吶吧吧吧吧，加上人聲的喧嘩，他覺得頭暈目眩，可是扛在肩上的神轎是媽祖的神轎，他告訴自己，不可以有閃失，一有閃失，要觸怒神明。

阿民隨著樂聲一前一後踩踏出步伐，他逐漸覺得是媽祖在引領他前行。

（媽祖梳著烏黑的頭髮，很優美的頸項。沒有想到媽祖這麼年輕！好像只是十五歲的少女，有細細的鬢角，眉眼都如此清秀，黑白分明的眼睛，細長的眉毛，小巧的鼻子和小巧的嘴。特別是聲音，啊，有那麼輕柔沒有阻礙的聲音。）

那聲音說：「阿民，沒事了，慢慢走。」

阿民走在火熱的炭上，旁邊不斷有人丟爆竹，有的就在阿民身上炸開，硝和硫磺的燃燒，使空氣中有一種濃重的辛烈氣味，令人興奮又令人窒息的氣味。

然而那輕細的聲音在阿民耳邊一再重覆：「阿民，沒事！慢慢走！」

（神明的位置太高了，一個廟口低卑的年輕武師，不敢想像神明的長相與神明的表情。平常在朝天宮拜拜，他也不敢抬頭正眼直視神明。神明總是在幽深闃暗的神龕裡，頭上戴著華貴的金冠，冠冕上還垂著一條一條的珠旒，像簾子一樣，所以，從來看不清神明的臉——）

阿民覺得今天神明這麼近，神明就在耳邊說話，幾乎貼著他的耳鬢，扶著他顫抖的手，輕輕拍著他的肩膊，他一身都被汗水弄濕了，黏著許多爆竹炸裂的紅色紙屑，像血跡，也像檳榔汁，阿民口中也染著濃濃檳榔汁，像吐了血。

他覺得騰空在火焰上行走，火焰嘶嘶地響，並不燙，只是使他雙腳著不了地。

神轎抖動得很凶，像驚濤駭浪上的小船，阿民想用力鎮壓住那抖動的力量，但是壓制不住，反而不斷被神轎的力量反彈起來。

他額頭上冒出一粒一粒黃豆大的汗珠，紅色的檳榔汁和口水一齊流下來，半閉著眼睛，旁觀的人都竊竊私語：「附身了，神靈附身了，你們看阿民——」

阿民聽得很清楚，每一個旁觀者的語句都清清楚楚，他甚至好像也在旁觀，旁觀自己的肉體在騰騰的熱炭上好像舞蹈一樣扭動、顫抖、顛狂。

「我的名字叫樹璧，樹璧，樹璧——」

阿民隨神轎的韻律起舞，他青瓜皮一樣發亮的光頭泛出奇怪的金色，臉孔的五官也改變著，不再是十五歲的練功師的剛猛憨直，忽然變得老成了，像是要開示佛法的高僧。

「樹璧，樹璧——」一位廟祝大叫：「樹璧是帶來開台媽祖像的大和尚啊——」

有信徒在熱騰騰的灰道兩邊紛紛跪下，在硝煙中磕頭，神轎幾乎被濃煙遮蔽，地上堆積的爆竹紙屑淹沒了足踝，又被風吹著在空中旋轉。

（康熙三十三年，西元一六九四年，臨濟宗三十四世僧樹璧奉媽祖像入笨港。一個廟裡整理文史檔案的義工趕來，翻出一段資料給圍觀人看。）

阿民其實已經完全癱瘓了，他的四肢像被線牽著，許多許多線，像玩偶戲的人繫在傀儡上的線，一絲一絲，每根線牽動，他的身體也開始動，頭手、腳、脖子，甚至嘴巴開闔。眼睛眨動，甚至胸口的呼吸，都是那些線，一一牽動——

「我是樹璧——」

他最後一句話是向那清秀的少年說的，他看到那少年一一脫去了衣服，脫到最後一件白色印著CK標幟的內褲，阿民才發現少年不是男的，她的下陰乾淨而白，像夏天荷花還沒有綻放的花苞。

「我是樹璧——」阿民大叫。

「我知道——」全身赤裸的少女回眸笑了一笑，「你記得白牡丹那個娼妓嗎？」

阿民仰頭倒下去，眾人驚呼，有人立即接住傾斜的神轎，阿民撲在炭火上，頭臉一片灰黑，也即刻被四人抬起，高高騰揚在神轎之後，走完炭火，在人潮洶湧中進入朝天宮。

原載二〇〇七年五月號《聯合文學》第二七一期

攝影／翁翁

少年通霄

太陽是有氣息的，大海愛人也製造傷痛，
文學的隱喻夾雜死亡，
沐浴在太陽與大海中，冒險與幻夢，
都為了未來的新生。

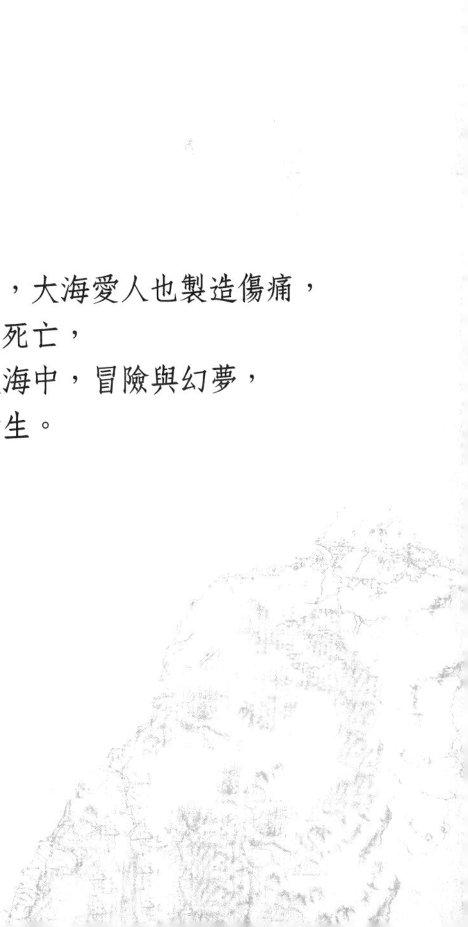

夏天午後忽然有一團一團的烏黑黑的雲從海面上洶湧而來，剎那間日頭就被遮蔽了。起了大風，雲團的速度很快，偶然從濃厚烏黑的雲隙透出一線明亮陽光，不多久，又被更濃密的雲團包圍，終至天昏地暗。

天地之間好像發怒一樣響起一聲一聲沉悶的雷聲，接著就是刷刷的雨點，噠、噠、噠、噠，打在曬得燙熱的廟口石板上，石板騰起一陣冷雨激起的熱撲撲的土氣，阿玉嫂大嚷：「落雨了！」搶先跑到廟埕廣場收起晾曬的被單。

「好大的雨啊——」啟生抬頭仰面，讓豆點大的雨打在臉上。雨點的重量很特別，不輕不重，打在額頭上，兩頰，打在鼻尖上，唇上，下巴上，打在啟生赤裸的肩膊上，胸膛上。

他故意提高胸膛，讓雨點打的範圍更大，癢癢的，一點點痛，啟生覺得自己是一片廣大的土地，像廟口後面新開出來的一片田，那麼渴望天上的雨滴。

他閉著眼睛，聽著大雨噠噠滴滴錯落歡悅熱鬧的聲音，在他全身各處響起。

阿玉嫂抱著一堆被單、衣服，匆匆衝進屋子的時候，午後的這場暴雨已經嘩嘩嘩傾瀉下來，好像憋了很久的積鬱一剎時爆發，大聲嚎啕起來。

阿玉嫂跨進門檻，覺得擁抱在胸腹間的被單、衣服上，都還留有日頭陽光曬了一整天的餘溫。那暖熱的溫度滲透進她的身體裡去，她深深吸一口氣，好像渴望更多吸收一點陽光的氣息。

「日頭是有氣息的——」

阿玉嫂很清楚感覺到太陽留在衣服上有一種辛烈的氣味，像火焰的氣味，像乾燥的柴草的氣味，像爐灶裡炭煤燃燒後的氣味，她深深地嗅著，彷彿想從那氣味裡得到養分。

「阿欽走了多少年了——」她無端想起丈夫，他們十七歲結了婚，是同村鎮一起長大的。阿玉懷了孕，家人找到阿欽，罵了一頓，兩家協商，就結了婚。在廟前廣場辦了桌，敲鑼打鼓，阿欽被灌了酒，臉紅紅的，阿玉一直低著頭，偶爾偷偷在眾人喧嘩裡用眼角尋找著阿欽。

雨聲打在屋簷上，啪啪啪啪，有一種驚心動魄的力量，好像要把人的五臟內腑都一起震碎了。

阿玉捂著嘴，使自己嚎啕的聲音悶在鼻腔裡，但是止不住的眼淚就像洩洪一樣洶湧而下。

「阿欽是一個野少年郎，妻子懷了孕，也不知疼惜，還跑到海邊戲水——」

阿玉覺得內臟碎成一片一片，但她聽到有人在喋喋不休罵阿欽。

「阿欽仔——阿欽仔——」婆婆一聲一聲哭著，像歌仔戲裡跪在舞台上的苦旦，拉長著尖尖的嗓音，肝腸寸斷，地老天荒。

阿玉沒有哭，她無法了解躺在草蓆下的一個身體和平日的阿欽有什麼不一樣。

她掀開草蓆，阿欽的臉白白的，嘴唇上有一排整齊的細細的少年的髭鬚。很黑而柔順的頭髮下露著飽滿而乾淨的額頭。他的鼻子好像還在呼吸，他的豐潤而紅的嘴唇有一點深紫，好像在激烈的親吻裡被阿玉吸吮得發紫了。

「都是妳，妳看，嘴唇都吸紫了，脖子上也一塊紫，媽媽會罵的──」

阿欽在鏡子前檢查著，又嗔又喜地向阿玉抱怨。

阿玉躺在床上，抱著枕頭笑，害羞而幸福地把臉埋進被窩裡。

她想俯下身親吻這嘴唇，這烏黑發紫的嘴唇，微微張開，好像在叫：

「阿玉，阿玉，親吻我，親吻我──」

她覺得阿欽緊緊抱著她，那麼結實有力的十七歲的身體，那麼燙熱的身體，緊緊壓著她，使她窒息，使她昏醉狂亂，使她的身體不可自制顫抖起來。

她的唇吸吮到一片潮濕柔軟的物體，像索乳的嬰兒，她即刻緊緊吸住，再也不肯放鬆。

阿玉覺得天地一片空白，有什麼東西在那空白中誕生了，一個游動的小小的黑點，帶著金屬般閃亮的光，越游越快，在她空白的身體裡留下了一個慢慢變大膨脹的種籽。

「啟生——」阿玉向著大雨傾盆的戶外叫了一聲。

啟生出生，剛好是阿欽溺斃的百日，阿玉在道士和尚誦經聲中痛得大哭大叫，她覺得是阿欽重來投胎了，在她體內這樣翻騰搗蛋，這樣折騰她，撕裂她，把她撐開，使她痛徹心肺。

「阿欽——阿欽——」她抓著床沿大聲大聲呼叫，她無法了解，阿欽是什麼樣的鬼怪妖魔，要在這一生如此折磨她。

她躺在床上，在一切巨大的空幻與絕望中，朦朦朧朧聽到嬰兒的啼哭，那麼高昂，那麼亮烈，像廟會時嗩吶的聲音，好像是巨大的歡喜，又是巨大的痛，她分不清了，有人把嬰兒抱給她看，說：「妳看，妳看，那麼像阿欽！」

「不要像阿欽——」她眼淚奪眶而出，她從心裡呼喊出來：「不要像阿欽——」

「阿欽是這一世來折磨我的妖魔鬼怪——」她日日這樣詛咒著那把她帶到天上又重重把她摔下來的男子。

雨勢大到不再是一點一滴的聲音，雨變成簾幕，變成瀑布，阿玉望著屋外，一片白茫茫，震耳欲聾的聲音，房屋好像要被掀翻了。

「啟生——」她又向著白茫茫的屋外大叫一聲，但是沒有回應。

她覺得心慌，從小鄉里認識阿欽的人都說：「啟生跟死去的阿欽簡直一個模子刻出來的——」

阿玉不喜歡這麼想，她心裡拒絕啟生像阿欽，她常常告訴自己；「啟生是我的兒子，不是阿欽的——」

她不要啟生像阿欽，她拒絕啟生像阿欽，她害怕啟生像阿欽。

但是，啟生越來越像阿欽了。

啟生才三、四歲就不喜歡賴在阿玉身邊，他總是跑去找比他大的鄰居哥哥姊姊玩，跟著爬樹，爬了摔下來，大夥哄笑，笑他小嬰仔要學大人，他也不哭，拍拍身上泥土，不吭聲，繼續試著往上爬。

「遺腹子個性都這樣強！」一個老太太說，搖搖頭，又像讚賞，又像惋嘆。

阿玉看著啟生，心裡七上八下，她每一天擔心啟生像死去的阿欽。那擔心越深，阿欽死不去的陰影也似乎更深。

「這折磨我一世的妖魔鬼怪——」阿玉心裡想，「他死了，一走了之，留下十七歲的我，卻還要在啟生身上留下繼續折磨我的符咒——」

啟生十歲不到就獨自在颱風天跑到呼嘯著大浪的海邊泅泳，被鄰人看到，趕緊跑去通報阿玉，阿玉一顆心跳到嘴邊，急慌慌趕到海邊。

啟生剛剛上了岸，一身赤裸，還沒有發育的男體，卻完全像一個成年男子，結實篤定地站在狂風暴雨裡，看著披頭散髮的媽媽。

阿玉像瘋了一樣，揚手一個巴掌打在啟生臉上。啟生沒有動，沒有驚慌，沒有流淚。他像一塊海邊的岩石，靜靜地看了母親一會，默默撿起海灘上的衣褲，穿起來，獨自走了。

通霄的海灘上留著啟生一步一步的足印，每一個足印都踩得很深，但是風雨太大了，那些足印也即刻被暴雨狂風海浪摧毀，消逝得沒有一點浪跡。

阿玉蹲在地上，浪花被風吹到空中，在空中飛散又撒下來。小石礫、沙粒，也吹捲起來，一片一片打在阿玉身上頭上。她不覺得痛，她抱著自己的身體，她知道阿欽沒有走，阿欽還住在啟生的身體裡。還是一個少年的身體，充滿了活生生的力量，充滿了好奇，充滿了挑戰一切的熱情，充滿了愛與恨，充滿了冒險與幻夢。

阿玉望著滔滔的大雨，一片白茫茫，她知道如何大叫啟生的名字都不會回應，啟生此時正隨他的父親在大浪中泅泳歡笑。

原載二〇〇七年六月號《聯合文學》第二七二期

攝影／翁翁

少年豐山

三溪環繞的丘陵地，
巨石與瀑布構成粗獷風景，
在豐饒的深山，保留農村生活之最純粹，
與美好靠得如此之近。

他的背包放在後座，因此，下車的時候，他先跟簡先生道謝、告別，下了車，打開後座車門，拿了背包，揹上背包，站在車外看到簡先生還沒有發動車子，他就隔著車窗搖搖手。

簡先生把車窗搖下來，問他：「阿政，你確定沒問題？」

阿政笑了笑說：「沒問題，我看過地圖，這裡是梅山交流道，我會走一四九縣道，到了草嶺，再過去就是豐山。」

「一個人小心點喔！」簡先生再次叮嚀：「號碼在你手機裡，有問題隨時Call我，別客氣！」

阿政點點頭，圈起右手大拇指與食指，比了一個ＯＫ的手勢。

簡先生走了，阿政望著這台Mini Cooper的灰藍色的背影，重新駛上交流道，心頭忽然有一種又落寞又輕鬆的感覺。

阿政認識簡先生只有不到三個小時。

阿政叼出一根Seven，點燃了，長長吐一口氣，在交流道下方一個小三角安全島的樹陰下坐著休憩。

樹不高大，是大葉欖仁，有些葉子變成褐紅色，掉落在安全島上，阿政揀了一片來搧涼，才五月中旬，天氣卻極燠熱，幸好欖仁葉片大而濃密，加上四面空曠，徐徐有微風，阿政便搧著葉子去除暑氣。

昨天夜裡上網，無意間逛到一個介紹豐山的網站，看到三條溪環繞的一個中低海拔的丘陵地，看到巨石與瀑布構成的粗獷風景，他心血來潮，想到豐山走一走。

簡單地整理了一些衣物，放進了多年來陪他上山下海的背包，騎了摩托車，騎到離汐止的家最近的一處交流道，發現才清晨六點不到，這個時間，車流量不大，少數車子也是為了趕早班匆匆駛過，很少人會為路邊一個搭便車的年輕人停車。

但是阿政搭便車慣了，既來之則安之，他就安坐在交流道入口處，舉起右手，翹起大拇指，比了一個搭便車的手勢。

許多車唰唰快速駛過，沒有絲毫停下來或慢下來的考慮。

阿政常常這樣在島嶼各處流浪，沒有計畫，甚至也沒有目的，當然也沒有趕時間的緊迫拘束。他反而可以自在瀏覽「唰」、「唰」過去的車子，只是有時候會遺憾，這些車子速度太快，使他無心觀賞每一部車子的特徵。

「每部車子其實都可以慢慢素描下來。」阿政想。他的背包裡有一本隨他走到天涯海角的筆記本，他習慣隨時記一兩句想到的話，也隨時記錄路上經過看到的一幢建築，一輛車，天上的雲，一隻蝴蝶，或一片葉子。

此時他正素描著方才用來搧涼的欖仁葉，試著記錄齊整的葉脈以及堅強而有力的葉蒂。鉛筆在紙上沙沙地響。

一輛灰藍色的Mini Cooper遠遠開過來時，他忽然覺得這個清晨格外美麗了。

車子速度不像其他車子那麼急，像一隻滑翔在空中的鷹。

鷹在高高天上逡巡探視，因為它銳利的眼睛看得清下界的獵物嗎？一隻雞雛？一條蛇？或是宙斯幻化的鷹，尋覓人間俊美的Ganymade？

灰藍的車子，如同這一個清晨的顏色，竟然停下來了，就停在阿政面前。他站起來，踏熄菸蒂，遲疑了一下，因為沒有預期，剎時間也不知道反應。

車窗搖下來，一個三十歲出頭，戴著淺色墨鏡的男子問：「搭便車嗎？你去哪裡？」

「豐山！」阿政脫口而出。

「豐山？」顯然男子對地名有點陌生。

「哦——」阿政使自己清醒了一下：「你走北二高嗎？我到梅山交流道，或者之前放我下來也可以——」

「我去台南，沒問題，上車吧！」

阿政把背包丟進後座，自己坐到前座，伸出右手，自我介紹說：「我叫阿政，姓林——」

男子伸出左手一握，也介紹了自己：「我姓簡，叫我Peter吧！」

阿政還是習慣叫他簡先生，「簡先生，我五專畢業，學陶藝——」阿政大略說了自己的學習過程，跟民間一些老師傅學拉胚，學盪釉，學傳統柴窯的燒法。

「喜歡一個人旅行？」簡先生問。

「到處亂走！」阿政笑著說：「過動兒！」

「到豐山有事嗎？」

「沒有，想看看那裡的石頭。」

「石頭？」

「喔——很巨大的石頭，地震的時候，從高山上墜落，掉在山坡上，河谷裡，有一條溪叫乾坑溪，溪裡沒有水的時候，滿滿都是巨石，山洪漲滿，水就在巨石間流竄沖激。」

簡先生顯然對年輕十歲以上的阿政充滿好奇，包括阿政一件有汗垢的白棉布圓領T恤，一條泛白舊牛仔褲，一雙涼鞋，以及剪得短短的小平頭，以及——曬得紅黑紅黑的皮膚，以及——特別發亮的眼神吧！

簡先生熨燙得平整妥貼的淺粉色細紋亞曼尼襯衫，珍珠灰的平織絲領帶，Cartier二〇〇七年的春季腕錶，以及立在儀表板側的全黑Prada手機，以及他發R音時特殊的鼻音，以及他修飾完美乾淨的指甲，透著古龍水香氣的下顎，這些，都是阿政完全陌生、無法辨識的另外一種生活。

可以這樣說嗎？簡先生對阿政充滿了好奇，阿政其實對簡先生沒有好奇。

「不，當然不會！」阿政被簡先生問到：會不會介意他的好奇，問了很多可能不禮貌的問題。

「我很謝謝你停下車帶我。」阿政真心地說：「這麼早，你可能趕著去工作。」

（不工作怎麼會如此襯衫、領帶、整齊穿著，後座還吊著深色西裝上衣。）

「我去南科——」簡先生回答說：「是有客戶要見，當天來回，常常這樣，路上也很無聊，也許，是我應該謝謝你——」

阿政有點驚訝，他轉頭看了這個談吐優雅溫和有禮的男子，鬍子刮得乾淨潔白，散發著淡淡的古龍水的香味，像森林的香，像雨夜後的尤加利樹，這個絕對高學歷、高薪，大概是高科技上市股票火紅的職場菁英，他，叫做Peter的簡先生，他停下車帶我——「他為什麼要跟我說謝謝？」

阿政率性地生活，姊姊甚至怨怪他從不牽掛父母，連過年過節也不回家，整天盪來盪去，連盪到哪裡家人都不知道。

「你對得起生養你的父母、照顧你的親人嗎？」姊姊三天兩頭碎碎唸地罵他。

阿政心裡有很多歉疚，但改不了浪蕩習性。一個用星座算命的朋友看了他的星盤，嘆口氣說：「五個射手，沒辦法咯，你天生就要跑來跑去。」

這個朋友自己也是射手，但是他解釋說：「我月亮在魔羯，金星在巨蟹，你看，現在我穩定了，娶妻生子，多好，你啊——」

朋友又嘆一口氣。

是因為這個原因，阿政特別愛泥土嗎？他喜歡揉土、捏土，喜歡看著一堆土在轆輪上轉，像一尊佛，好像那穩定、沉默、篤定而又飽滿的土，彌補了他內在不斷流浪的不安定性。

「你是什麼星座？簡先生。」阿政忽然問。

簡先生愣了一下，笑了，天真地說：「你們年輕人，很在意這個啊！我是處女。」

「哇——」阿政吐了一吐舌頭。

「怎麼？」簡先生問。

「聽說處女很龜毛，」阿政有點抱歉，看著簡先生補了一句：「可是你很好。」

「很好？」他筆直看著前面的路。

「你會停車帶一個陌生人，我穿得髒兮兮的。」阿政不太會表達，簡先生開朗大笑起來。

（這個人為什麼要謝謝我？他停下車帶我，應該我謝他。這個人工作這麼忙，一大清早要開車趕到台南見客戶，當天來回，他為什麼要停下來帶一個素昧平生的陌生人？）

阿政在素描紙上畫完了欖仁葉子，又在葉子上重疊著畫下記憶裡簡先生開車的樣子，筆直看著前面的路，即使跟阿政說話，頭也不轉過來。

阿政記憶著那個安靜的側面，很乾淨的刮得青白的鬍根，淺色的墨鏡底下，眼睛看著前方，一動也不動。

簡先生的臉和欖仁葉的葉脈交疊，細細的葉脈，彷彿變成了人的臉上許多小小的微血管，阿政不在意地畫著，想到自己剛才落寞的感覺，是因為很少碰到這樣溫和誠懇的關心吧，而且是來自一個男子，一個高科技領域一直被阿政覺得無趣又冷漠領域的男子——

但是阿政又確實感覺到輕鬆，因為他害怕過度的關心。在這島嶼上流浪，他希望遇見的人都不會再見面了，他常常畫一條很長很長的通向遠方的路，一個揹著行囊的人，孤獨背對畫面，他頭也不回，那是阿政心目中的出發或出走的景象吧，背對著眷戀的人，背對著眷戀的地方，背對眷戀的事務，頭也不回地走去，絕不回頭多看一眼。

簡先生的告別或許多了一些使他不安的牽掛，他不要被牽掛，他害怕牽掛，他要一條可以獨自一個人走到遠方的路，一條永遠不回頭的路。

他在筋脈迷離的一張男人的臉上寫了Peter五個字母，闔起素描本，丟進背包，起步向那個未曾去過的豐山走去。

（一輛灰藍色的Mini Cooper停在路邊，他用輕巧的手指在手機面板上滑動，撥了號，他說：吵醒你了！等你放假來台灣，帶你去一個叫豐山的地方，海拔七百多公尺，有很多瀑布，溪裡面都是巨大的岩石——）

原載二〇〇七年七月號《聯合文學》第二七三期

攝影／鐘永和

少年梓官

撬開硬殼，歷史如蚵仁那般晶瑩圓潤，
洗淨多餘的沙與碎屑，濱海地帶，
鄭成功時代即開墾，
傳說挾帶海浪洶湧而來。

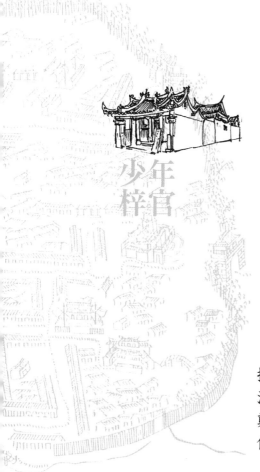

許多婦人蹲在地上，手中用一把刀，撬開蚵仔的殼，把裡面晶瑩濕潤的蚵仁取出，收在一隻鋁盆裡。

婦人頭上戴著斗笠，用一條花布連頭帶笠一起包起來，護住兩頰，在下巴處打一個結。

非常炎熱的日頭，陽光照在海面，反射出刺眼的強光，婦人們長時間坐在海邊淺水處工作，不把全身包裹得密不透風，一定被烈日曬傷。

蚵田裡一支一支竹篙，用繩子和鐵線纏繞牽連，一枚一枚的蚵仔就在線網上附著、蔓延、繁殖。

蚵仔的殼非常粗礪，像刀子一樣，一不小心就割傷了手，婦人們卻都很熟練，打開一個一個蚵仔的殼，取出如同胎兒的蚵仁。

天氣太熱，才剛祭過城隍，阿嬪記得城隍爺是農曆五月十二日的生日，跟死去的爸爸同一天，所以會在同一天跟媽媽、小叔去拜城隍，又去上墳。

「妳記得爸爸嗎？」媽媽常常這樣問她。

阿嬪瞪著兩個黑白分明的大眼睛，呆呆地，沒有回答。

「記得嗎？傻瓜！」媽媽笑著，一面在砧板上把番薯切成很細的絲。

阿嬪幫忙把剝好的蚵仔放在清水裡，慢慢淘洗掉沙和碎殼。

柔軟的蚵仁在鋁盆清水裡迴蕩漂流，阿嬪用手指去撈，碰到蚵仁軟軟滑滑的肉，涼涼的，她彷彿覺得水盆裡浮起一張男人的臉。

她嚇了一跳，用手一撥，那男人的臉笑了起來。

「小叔，做什麼，嚇死人！」阿嬪回過頭對著小叔阿淵嗔怪著。

阿淵笑了起來，「嚇到阿嬪了！嚇到阿嬪了！」有點超乎尋常地樂不可支。

「不像個叔叔——」阿嬪的媽媽在一旁也笑了，放下菜刀，跑去廚房倒了一杯青草茶遞給阿淵。

「快三十歲了，你也老長不大啊——」阿嬪的媽媽又擰了一把濕毛巾，順手幫阿淵頭臉脖子擦了一遍。

「大嫂——」阿淵嬉皮笑臉，像孩子跟母親撒嬌：「大哥在的時候，妳最疼我，整天抱著我，大哥走了，就該妳罵我嘍——」

阿嬪的媽媽一把搶過毛巾：「大哥不在，沒人罵你，你就不正經了！」

阿嬪看著媽媽和小叔說笑，把洗乾淨的蚵仁盛在盤裡，也嗔怪地向阿淵說：「媽媽有了我，你還想她抱，臭美呢！」

阿嬪跑到媽媽身邊，摟著媽媽，在媽媽臉上親了兩下，好像故意做給阿淵看，「媽媽疼的是我，怎樣樣，吃醋嗎？」

阿淵哈哈大笑起來，濃黑的眉毛，圓領汗衫濕透了，貼在身上，顯出健壯的肩膊和胸膛，一條卡其褲緊緊繃在身上，剛從菜田裡回來，褲子上沾滿了土。

阿嬪的媽媽看著這個從田裡工作回來，一身熱氣土氣汗氣的阿淵，又好笑又好氣。

她是這家的長嫂，嫁過來的時候阿淵還小，但她不記得抱過他，只是把他像自己生的兒子一樣帶，她在海邊剝蚵仔，阿淵就乖乖坐在一邊，幫忙，把蚵仁放進清水盆裡。

「小叔像爸爸嗎？」阿嬪常常這樣問，丈夫遇到海難，突然走了，阿嬪還小，她似乎一直幻想著父親的長相。

（阿淵像阿嬪的父親嗎？她兀自思索著，以前不像，一點也不像。阿淵是個小孩嘛！有時連褲子也不穿，露著雞雞跑來跑去，阿嬪的媽媽就笑著羞他，幫他把褲子穿上。這個小孩子，怎麼會像自己的男人。阿嬪的媽媽想到那男人，連屍體從海裡撈回來時都硬挺結實，像一塊大石頭，像一艘船，可以載很多貨，很多魚，滿滿一艙的魚、小卷，那男人身上有著海的氣味，鹹鹹腥腥的，但是，很實在，很實在——）

阿嬪的媽媽說：「阿嬪，你爸爸是一個很實在的人！」

阿淵聽到了，做了一個鬼臉：「哈，大嫂罵我，我不實在嗎？我整天在田裡挖土，施肥，除蟲，今年菜收了好幾趟，大嫂，妳講話不公平。」

「什麼規矩——」阿嬪的媽媽假裝板起臉來，教訓地說：「大人說話，你小孩子回一大堆。」

阿淵伸一伸舌頭，也假裝嚇到了，兩手併攏，雙腳立正，逗得阿嬪的媽忍不住笑了，指著他罵：「老是不正經——」

（阿淵腦海裡記得那麼清楚，年輕新嫁來的嫂嫂有多麼美麗。）

他一生沒有看過那麼美麗的女子，彷彿戲台上穿白色長裙的觀音，帶著淡淡的微笑，總是輕聲細氣，對每一個人都好。

大哥常常喝斥著：阿淵，走開，別老纏著嫂嫂。

阿淵怕大哥，大哥嚴肅，總是板著臉，肩膀上左右可以挑一百斤的番薯，大哥是家裡的長子，左右鄰居都讚美：你大哥一肩挑起你們一大家子的生計。

阿淵把大哥當成廟裡的城隍爺，一絲不苟，賞罰分明，可是大嫂是觀音，是媽祖，你惹了滔天大禍，好像她也笑吟吟護著你。

（那個颱風天，都說風爺已經過了，誰知道老天爺開玩笑，颱風轉回來，來了一個回馬槍，整個梓官陷在狂風暴雨裡，到處聽到呼救的聲音，大樹連根拔起，壓垮了屋宇，人壓在樑下，豬隻在水裡溺斃，雞停棲在漂流的木板上，彷彿也驚慌地張翅亂飛——）

「大嫂——」阿淵忽然有點心事似的沉著了下來，他想了一下，望著阿嬪的媽說：「我從典寶溪那一邊過來，看到黃槿樹林下面的土都被大雨沖鬆了，有點擔心，就走遠一點去，看看大哥的墳。果然，墳土也經不起前一日的大雨，墳腳也鬆了，連墳台都有點失了地基，很長的裂痕呢——」

阿嬪的媽媽「喔——」了一聲，放下菜刀，擦了手上黏黏的番薯汁液，坐在圓凳上發了一會兒呆。

（阿淵記得那個颱風天，大哥到處幫忙，披著雨衣，一家一家看，海水從溪口倒灌，越來越凶猛，他還是不停各處搶救人畜。天晴以後，大哥的屍體從海上漂回來，躺在一片黃槿樹下，黃槿的花一朵一朵掉落下來，嫩黃嫩黃的花瓣，深紫色的花蕊，散落在屍體四周，阿淵聽著大嫂一聲一聲的叫喚，從那一天開始，大嫂忽然變老了，白了頭髮，駝了背，每天整理番薯葉，在砧板上沒完沒了地把番薯切成細細的絲，把細絲鋪在竹籮裡，放在大太陽下曝曬，曬成像白頭髮一樣枯乾的絲，又煮到粥裡，和米一起，變成濃濃稠稠的黃色的、糾纏著的番薯簽——）

「我把這一季菜賣了，添一點錢，給大哥修一修墳，用牢靠一點的磚石砌地基，不要每年大雨來都讓人擔心。」阿淵站起來，把一條搭在脖子上的毛巾抽下來，抹了一把臉，說了一聲「我走了——」便步出門去。

阿嬪走過來，依靠在母親身邊，摟著媽媽的肩膀。

母女二人都望著門外，白花花的陽光下一個漸漸走遠的人影。

阿嬪忍不住又問：「媽，小叔是不是像爸爸？」

媽媽也望著那寬厚肩背的男人，因為不是正面，看不到娃娃氣的臉上不時調皮逗人的表情，那一步一步踏在地上沉著的步伐，使媽媽想起了什麼，想起大海，想起鹹鹹腥腥的氣味，想起船，船身結結實實的結構，可以承載很多東西，可以承載很重很重的東西，媽媽從腹中暖了起來，又有點辛酸，她回頭看著初懂事的女兒說：「真像，你小叔完全像你爸爸——」

原載二〇〇七年八月號《聯合文學》第二七四期

攝影／梁鴻業

少年觀音

埤塘滿滿的荷葉迷離的綠，
燈塔直聳的天空明亮的藍，
破碎海岸線是觀音顧盼的淨地，
蓮花的新苞有藏不住的粉黃。

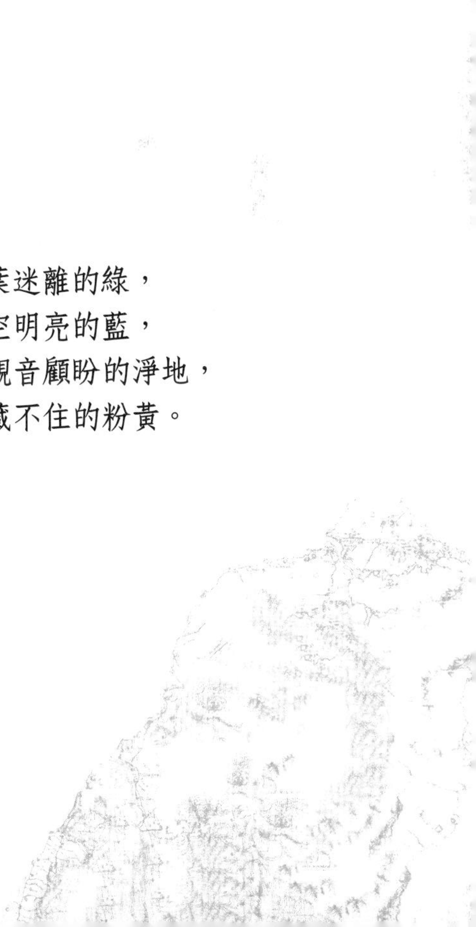

騎著自行車，少年Ｈ繞過剛剛開發的蓮花田。一進六月，蓮花的葉子亭亭如傘，一柄一柄的長莖高過人頭。

少年Ｈ就把車停在田梗邊，脫了鞋，踩進田裡去。

水不深，只淹到他的足踝，但是，水下面的泥濘卻不踏實，站久了，往下沉，越陷越深，腳拔起來，「嘰」地一聲，一個深洞，濁黑的泥水立刻湧入，變成一個水坑。

少年Ｈ喜歡在荷葉下看明亮的天空，很藍很藍的天，一片一片綠色的葉子，深深淺淺，透著陽光，在風裡搖晃。

少年Ｈ仰面看著，陽光便帶著新綠的荷葉的光映照在他臉上。他潔淨的額上兩道線條分明的眉毛，彷彿憂傷，彷彿喜悅，在一片密密的荷葉搖晃間看著天空，看著迷離的一片綠色，綠色上面一大片透明的藍，他弄不清楚，自己憂傷什麼，也弄不清楚自己喜悅什麼。

好像只是因為少年，憂傷與喜悅其實這麼相似。

種植蓮花是少年H的故鄉——觀音近幾年的新興產業。

但是他想到的不是產業，他也不太了解這些新開發的荷花田對五萬多鄉民在經濟收益上的幫助，偶然在選舉的政見發表會上聽到候選人拿著麥克風聲嘶力竭地談到一些誇張的政策或政績，他也並不想停下來細聽。

少年H只是覺得荷花田一片一片真是美麗的風景，他便常常騎著自行車來這裡，走進田中，看荷葉片片層疊的漂亮，他也嗅聞到風裡一陣一陣荷葉的清香，深深吸了一口氣。

「荷葉哪裡會香？」少年H的玩伴是鄰居一個胖胖的女子——桃珊，做出一臉不屑的表情。

桃珊是從新屋那邊搬遷來的客家人，濃眉大臉，年級比同班的男同學大兩歲，發育早，制服底下裹著豐滿的胸部和臂部。調皮的男孩常常跟在後面模仿她前凸後翹的樣子，被桃珊發現了，便一定死命也要追上，把比她瘦小的男生壓在地上，狠狠搥幾圈，還要口中叫「觀音祖媽」討饒，桃珊才肯罷休，指著狼狽的小男生鼻子說：「下次看你還敢，不要命！」

桃珊在學校沒有人不怕她，一惹火，即刻便被壓倒在地，一屁股坐上去，沒有人動彈得了。

少年Ｈ跟桃珊有緣，從中學畢業，兩人還是鄰居，總是在路上遇見一同回家。

少年Ｈ騎自行車便載桃珊一程，桃珊不拘謹，跨坐在後面，抱著少年Ｈ的腰，一小一大，有時也引來同學訕笑，但兩人都不在意，訕笑的人也就無趣。

「荷葉怎麼會香？」桃珊掰下一片荷葉，湊到鼻下用力聞，荷葉吃不了力量，「啪」一聲折斷了。

少年H笑了，把荷葉拿過來，遠遠的，在風裡搖，剛剛被日光曬得燙熱的葉子，在風下透著一陣一陣淡淡的清香。

「聞到了嗎？」少年H問。

桃珊向前湊過去，迫不及待，好像晚一點就聞不到了。

少年H把荷葉拿遠說：「不能太近，遠一點，眼睛閉起來，是不是，很淡很淡的葉子的香，有嗎？」

桃珊閉一下眼睛又即刻張開，說：「沒有啊——」

少年H嘆了一口長長的氣，抱怨著：「桃珊，妳鼻子有毛病啊——」

桃珊被少年H頂撞了，卻不生氣，和平日凶霸霸的樣子不同，她聳聳肩膀，無奈地自嘲：「聞不出來就聞不出來，有什麼辦法——」

她看著荷葉亭亭的綠蔭下少年Ｈ十分俊美的臉龐，白皙潔淨的額頭上流動著淡淡的綠色的光，好像浮在水中的一張臉。

桃珊想起長輩說的一個故事，古早古早以前，這裡還沒有很多居民，一個姓黃的男子，路過小溪，在溪流裡發現一塊發亮的石頭，在溪水裡躺著，所有的水光都像寶石一樣閃爍，水面上泛起彩虹一樣的霞光，黃姓男子很訝異，合掌拜了一拜，不知是什麼樣的神明靈異，等他靜定下來，發現那躺在溪中的石頭原來是一尊觀音的像，眉目宛然，潔淨白皙的額上一對有英氣的眉毛，像豪邁有擔當的男子，卻有很飽滿的唇，又有女性的嫵媚溫柔。

黃姓男子拜了又拜，從溪中抱起這尊石觀音，供奉暫厝在自己的簡陋草寮裡，日日捻香上供，從此，這地方逐漸興旺了起來，連遠處的人都前來祭拜觀音，這地方就有了「觀音」這個名字。

桃珊呆呆看著少年的眉毛，覺得真像一尊觀音，便笑了起來。

「妳笑什麼?」少年H不解。

「你真的很像觀音耶——」桃珊說。

「胡說——」少年H反問:「我又不是女的——」

「真的像,真的像——」桃珊繼續看著少年H,她覺得自己是發現那一尊石觀音的一百年前的男人。

「我是觀音?」少年H又問:「那妳是什麼?」

桃珊想了一下,高興地說:「我是觀音旁邊的護法大力士!」

桃珊架起寬厚的肩膀,做出一個孔武有力的姿態。

落日的餘光從海面反映到天上,西邊靠海岸線一帶,天空拉長了一絲一絲瞬息萬變的雲彩,紫、紅、橙、藍,明亮的金黃,深沉的銀灰,一絲一絲變幻著，好像一個久遠的故事，太久遠了，只剩下一些片片段段的記憶，說的人說不清楚，卻另有一種吸引人讀下去的章法。

桃珊騎乘在少年Ｈ的後座，看到遠遠近近很多埤塘中也反射出落日的光，像一塘一塘黃金的鏡面，明明滅滅，在他們身邊閃爍。

海岸的沙地開墾成了西瓜田，肥大的葉子藤蔓四處攀爬，剛剛結實的小小圓圓的西瓜躲子葉叢中，像害羞、不敢見人的小孩。

「妳知道鎘米嗎？」少年Ｈ忽然回頭問桃珊。

海風很大，少年Ｈ的話剛出口聲音就被吹遠了，桃珊聽不清楚。

「鎘米——」少年Ｈ大聲重覆。

桃珊聽到了，但不知道「鎘米」是什麼？

「鎘米？一種米嗎？」

「不是——」少年H等過了西瓜田，騎到避風的一處稻田邊，停下車，告訴桃珊，她還沒有從新屋搬來之前，這裡的田地受工業污染，稻米中含鎘，人吃了都得了病。

「鎘，一種重金屬，對人體有害的——」少年H回想起那時沸沸騰騰的新聞，以及幾位熱心的老師帶班上同學做田野調查的情景。

「Cadmium——」少年H記得這個學名，一個字母一個字母拼給桃珊聽。

他說：「這裡開設了工業區，有很多電池製造業，塑膠業，甚至染料，都大量用到『鎘』，這些重金屬元素沒有好好處理，排放到地下水，水源被污染，滲透在稻米和農作物中，有人吃了，就會致癌。『鎘』也會破壞人的腎臟，使鈣流失，那一陣子，這裡很多人得了軟骨病，前列腺癌——」

桃珊很少聽到同年齡的朋友談論這麼正點的科學知識，她有一點佩服起少年Ｈ，覺得他酷似觀音的長相裡有一種不可捉摸的智慧。

「這麼可惡——」桃珊捲袖子：「我們去痛揍這些用鎘的傢伙一頓，『鎘』屁！」

少年Ｈ笑了起來，他喜歡桃珊這種像男孩子一般的豪爽義氣，傻呼呼的，一有事情就呼拳擄袖子要揍人。

不知不覺，霞彩全變成了墨藍，闃暗的天空間忽然亮起一道白色強烈的光。

「燈塔亮燈了——」桃珊指著海邊的方向。

「我們去白沙岬——」少年Ｈ說，跳上車，等桃珊坐穩，飛快向那高高的白光所在駛去。

剛好是退潮，白色的光照亮了遠近一崙一崙翻滾的沙丘，留著海潮的痕跡。

原載二〇〇七年九月號《聯合文學》第二七五期

攝影／鐘永和

少年彌陀

這裡的虱目魚在水塭閃爍波光，
這裡有一棵老茄苳樹，
這裡的漯底山沒有綠樹，
光禿禿死寂的灰，
太古洪荒時，都在海中。

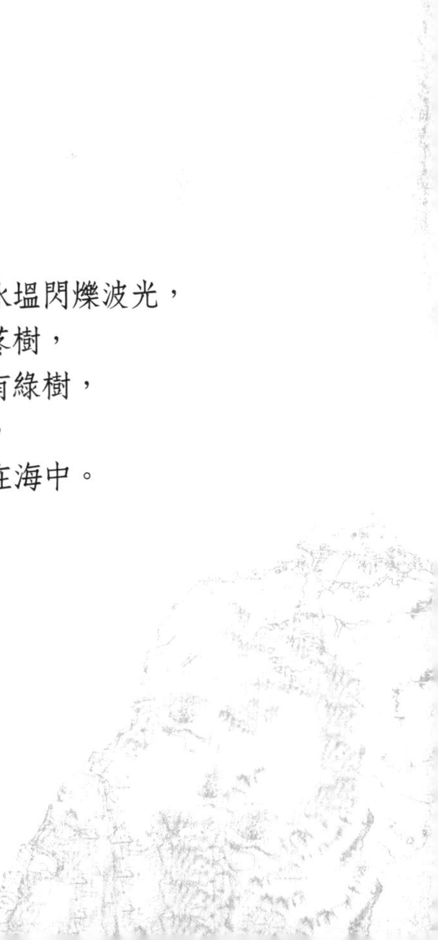

他走上漯底山的時候，覺得自己全身像被汗水洗了一次。

漯底山不高，其實只是一個矗立在海岸上的小山丘。

但是漯底山樣子長得非常奇怪，一般的山都長滿了樹木綠草，蓊蓊鬱鬱，漯底山卻是光禿禿的。

地質學家說這就叫做「惡地形」，是火山爆發形成的泥漿岩層。這些灰白的，像人或動物死去後留下的屍骨一般高高低低的山稜，走起來就有一點艱難。

加上他特別肥胖的身體，一步一步，挪移在有點滑、光溜溜的山稜上，必須小心保持平衡，那些陡斜的山坡稜線，好像刀背，很窄，腳不容易踩穩，身體上面九十幾公斤的重量晃動著不容易擺平的多餘出來的肉，他的確走得有點狼狽難堪。

汗如雨下，濕透了他上身的T恤，棉質的衣服就緊緊黏在身上，好像要變成他肥胖軀體的另外一層皮膚。

汗水也順著腰部兩側的肉向下流淌，整條運動短褲也都濕透了，沿著大腿、膝蓋、足踝，一路滴下去，滴在灰白色的土地上，留下了斑斑點點的深色水印子，但不多久，又被太陽曬乾了，仍然是屍骨一樣的灰白。

（他叫柱子，可能不只是他的名字中有個「柱」這個字，也同時從小的身材特別高大壯碩，像廟宇裡頂天立地一根粗壯的柱子，大家就都覺得理所當然應該叫他——柱子。）

柱子是這個叫做彌陀的海邊鄉村的人。

他的父親是軍職，一九四九年隨政府遷到台灣，在南部定居。

母親的老家在彌陀，一個到處是虱目魚魚塭的海邊村鎮。

他不特別覺得自己跟「彌陀」有什麼關係，那只是身分證上填寫戶籍的時候註明的一個地方。

而且他一直以為「彌陀」跟佛教的「阿彌陀佛」有關，後來被一個老師糾正，告訴他「彌陀」早先叫「微羅」，也有寫做「眉螺」的，所以有可能是平埔族語言中的「Viro」的漢語音譯。

漢人總是記不住其他民族的語言，把「Viro」變成「微羅」，變成「眉螺」，都還是不容易記，最後誤打誤撞，有人唸成「彌陀」，大家反而記住了，這兩個字對漢人來說有特別的意思，容易記下來。

他的老師還告訴他：「Viro這個發音應該是『竹子』的意思！」

但是，他擦了擦額頭上的汗，汗匯聚在他濃重的眉毛上，有些流進了眼睛，有點酸澀。

「但是——這死人白骨一樣的漯底山上怎麼找不到一根竹子？」

他幻想著翠綠翠綠的竹林，一叢一叢，高高的梢頭在風裡搖曳，密密的竹葉過濾著太強的陽光，所以即使在夏日中午，只要在竹林中，還是覺得很陰涼。

他也彷彿聽到竹林裡一直亢奮叫著的蟬的聲音，他也彷彿聽到了竹林深處有一條潺潺湲湲的溪流，不斷如歌聲一樣發出聲響。

（他是愛幻想的，他的老師批改他的作業，也常常說他有過度做白日夢的傾向。但是，夢想有什麼不好呢？他走在酷熱像燒著大火的鍋子的山丘上，四望出去，方圓幾里，寸草不生，屍白屍白的一片荒丘，他可以夢想到竹林、蟬聲、溪流、微風，潮濕又陰涼的空氣——）

「夢想是真的——」柱子跟同伴們強調：「你閉著眼睛想，竹林，竹林就出現了，很綠很綠的竹林喔，一點都不假，一片一片，你要多少有多少，走都走不完的竹林，你要側著身子才能通過，看過嗎？那麼密集茂盛的竹林，真是他媽的——爽！」

柱子捧著自己肥肥的肚子，呵呵笑了起來。

山上有一朵白雲，正停在他的頭頂。

他仰望著白雲，覺得那是和他講話的一朵雲。

他說：你停下來做什麼？如果是我，我會一直飛翔，旋轉，一直飄流，到哪裡都好，但是，我不會停留在原地不動。

白雲沒有回答，一直低頭望著他。

他想：白雲是不是愛上他了。

他因此又對白雲說：「你也不要愛上我，因為我會跑來跑去，我不會因為你愛我，就停留不動。」

白雲在緩緩飄遠的時候，他想：白雲是聽懂了我的話了。

他也感覺到白雲的孤獨與憂傷，但他不知道怎麼辦。

他這麼胖，太概九十多公斤的肉掛在身上，當然是一個沉重的負擔。

他可以感覺到身體裡每一個小小的細胞都胖嘟嘟的，像一朵棉花糖，但是，棉花糖很輕，正好輕得像天上的白雲，所以可以飄來飄去，在任何地方都高高飄在天空上。

他可以飛起來了，他相信許多許多棉花糖一樣的細胞，就像幾千億的氣球，可以輕易地讓他沉重的身體飛舉到天上去。

他想起一首義大利的歌，他聽不懂義大利文，但是他知道那個歌手一直在重複著「Danza」這個字。

「Danza-Danza」他也模仿著歌手愉快又有點辛酸的嗓音重覆著「Danza」這個義大利的發音。

「我要舞蹈起來——」

他在漯底山的頂端旋轉著，像一只特別大的陀螺。

有人在山下看到了，覺得很好笑，他們大聲告訴旁邊的人說：「你們看到沒有，一個大胖子，那個九十幾公斤的柱子，在山上跳舞。好像一頭大象。」

柱子沒有聽見，他的耳邊呼嘯著那首義大利的歌，他覺得那個歌手就在身邊，用激昂的歌聲鼓勵他——旋轉，跳舞，旋轉，跳舞——

他看到滿天都是金色的彩霞，彩霞像一種流動的血，血不純然是紅色的，有一點紫，有一點藍，在最流動的地方有很多金色和橙色。

「如果我的血有一天都變成了晚霞，一道一道留在彌陀的天空上，人們會驚叫著說：看啊！看啊！多麼美麗的夕陽——」

（那時候他低垂著頭，十分沮喪，他知道那是他身體裡的血，因為沒有了血小板，血不能凝固，就四處流動，變成天空上紅一塊、紫一塊的夕陽，而那些金色便是他不甘心死去的一些夢想與希望吧！）

彌陀鄉一棵很老很老的茄苳樹，樹幹要二、三人合抱，樹皮皺老如同漯底山岩石的皺摺，他不知道為什麼這棵樹在夏天的時候綠葉扶疏，卻在冬天的時候完全掉完了葉子，只剩禿禿的枝幹張在空中。

皮影戲的小戲台有時候就搭在樹下。晚上的時候，蒙了白布的影箱打了燈，一些老師父就在白色的影窗上演出皮影戲——《陳三五娘》。

皮影是用一張薄薄的豬皮製作的，有點半透明，雕成人的形狀，有細細的手指，手肘，有裊娜移動的腳，用線穿在竹棍上，老師父轉動竹棍，皮偶就像真人一樣笑起來或哭起來，或者憂傷地嘆氣，用尖尖細細的聲音說著自己的心事。

（他童年的時候便在這茄苳樹下看了很多齣皮影戲，看到深夜，戲班的老師父都收了影窗，把皮偶一具一具放進木箱裡，他還是死盯著那皮偶看，他想，這樣他們就可能安心休息了嗎？）

「但是——」柱子忍不住問老師父：「戲還沒有演完啊——」

老師父笑著摸摸柱子的頭，問他：「你喜歡演戲嗎？」

「我喜歡跳舞！」

老師父手舞足蹈，像一朵花，停在半空中。

柱子很驚訝，覺得老師父是一個魔術師，可以讓扁扁平平的皮偶動起來，又哭又笑，也可以一下子飛在空中，變成一朵悄悄掉下來的落花。

「你教我——」柱子央求著老師父。

老師父笑了，他說：「不行，沒有人可以教你。」

「那怎麼辦？」柱子快哭了。

（老師父走了，把一木箱的皮偶裝進他的小貨車，然後發動引擎，就在黑黑的街道上消失了。但他臨開車前，俯身在柱子的耳邊說：你就留在這棵樹下，等人走完了，等天空有了星辰，你會看到一些會在空中跳舞的人——）

他一直等，一直等，一直到某一個初春的晚上，茄苳樹光禿禿，還沒有新芽，他等得睡著了，忽然他看到一群上身赤裸的少女舞蹈著出來，她們踩著義大利歌的節拍，搖擺著美麗的身體，她們都像一朵一朵落花，輕輕從空中落下。

於是，他決定自己是一個寂寞的小女孩，一個人呆呆站在樹下，等待這些少女來邀他一起舞蹈。

原載二〇〇七年十月號《聯合文學》第二七六期

攝影／梁鴻業

少年龍峒

淡水河與基隆河的交匯地，
孔廟與保安宮的座落處，
四十四坎兩排店舖羅列各式貨品
與氣味，不及文風之流普。

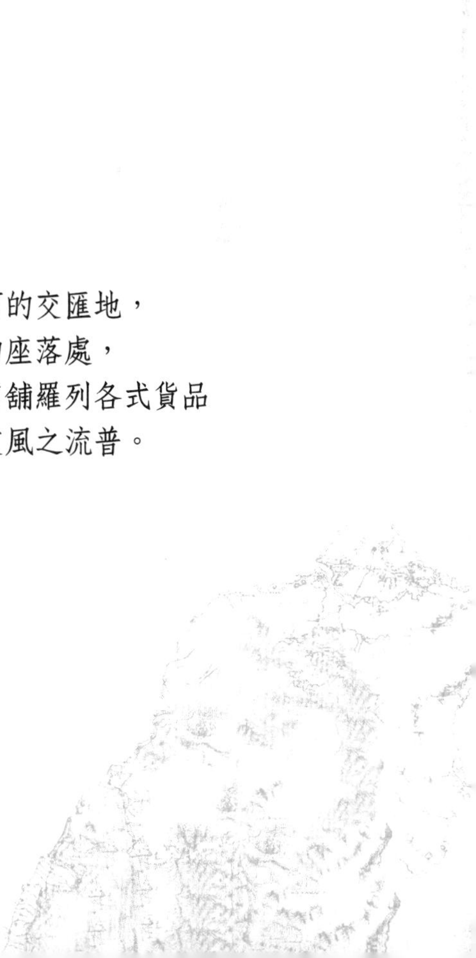

少年龍峒（一）

這個叫做大龍峒的地區在台北盆地的北端，基隆河自東而西迂迴而來，匯流入從盆地南端流來悠長的淡水河。

兩條河流交會，叫做「大龍峒」的社區，正好位在這兩條河流的交會之處。

「是因為兩條河交會，所以叫做『龍峒』嗎？」他好奇地問。

「不知道。」母親牽著他小小的手，回答說：「好像當地人的發音也不是『峒』，而是『泵』，或許是原來平埔族語音的音譯呢？」

他跟母親下了二號公車，看到一排到了終點站的公共汽車，停靠在一堵紅色的高牆旁邊。

紅色的高牆上有四個留白圓圈，每一個圓圈中間一個很大的毛筆字，他剛識字，還沒辦法全讀懂。

母親便一個一個教他認字，萬—仞—宮—牆。

「是說這牆很高很高嗎？」

「這是孔子廟——」母親說：「形容孔子學問很好，像一座高牆的宮殿，要進入他的知識世界很不容易吧！」

孔子廟有很多古老高大的柏樹，樹梢都超出了高牆，他抬頭仰望著，映照著紅牆上面的藍天，覺得牆真的很高。

孔子廟正門的對面有一個大水池，水池邊簡陋地搭了一個戲台，他遠遠聽到鑼鼓的聲音，聽到拔尖高亢的女人沙啞的聲音，好像哭泣一般唱著他聽不懂的歌。

「那是歌仔戲——」母親告訴他。

「演什麼故事？」

「不知道——我們走近看一看——」

母親站在廟前面，看到高高的殿宇，用彩瓷剪黏裝飾了許多龍鳳神仙，便指給他看八仙中漂亮的何仙姑，瘸了一隻腿的李鐵拐，大肚子的漢鍾離，吹笛子的韓湘子，長鬍子佩劍的呂洞賓，騎驢子的曹國舅，提著花籃的藍采和……

「這是保安宮，供奉保生大帝——」

「保生大帝？是皇帝嗎？」

「是醫生，傳說他醫術高明，民間紀念他，建了保安宮來祀奉——」

「那為什麼要演戲？」

「演戲是為了謝神——」母親向戲台上張望了一下：「老百姓感謝神保祐人間，常常在神生日的時候演一台戲給神看，表示酬謝神的功勞。」

戲台是四根粗大柱子搭起來的，上面鋪了木板，中間隔一片畫了彩色庭園宮殿的布幕，布幕前有人又唱又哭，他看不懂，便離開了母親的手，繞到布幕後面去看。

一個穿著戲服的男子手中抱著一個嬰兒，嬰兒哭叫得很厲害，踢動著手腳，男人努力哄著嬰兒，嬰兒還是哭。

不多久，前台唱戲的女人進來，趕快接過嬰兒，一面解開彩繡戲服的前襟，掏出白白圓圓的奶，把奶頭塞進嬰兒口中，嬰兒一口啣住，不再聽到哭聲了，他聽到敲鑼打鼓中前台換了男人粗獷又荒涼的唱腔。

戲台邊有烤香腸的攤子，一陣一陣傳來肉腸在炭火中烤得焦香的令人飢餓的氣味。

「弟弟——弟弟——」

他聽到母親在人群中叫喚他的聲音，但仍眷戀地趴在戲台邊緣，捨不得走，他看著那給嬰兒餵奶的女人一張粉白粉白的臉，以及她頭上許多閃亮的紅的綠的彩色珠寶的光。

嬰兒似乎睡著了，但嘴巴仍然叼著女人的奶頭，隔不多久又用力吸吮數次。

「弟弟，下來——」

母親終於找到了他，命令他下來，他回頭看看母親，又望一望戲台上那面孔白白的女人，似乎是他一時的錯亂，不知道哪一個才是他真正的母親。

（在吸吮乳汁的時候，那女人塗了很厚的粉的白臉，上面塌著兩片大大的胭脂，好像被火燒過，留著火的顏色。）

他很不情願地從戲台上爬下來，回頭依戀地看那嬰兒時，嬰兒也正轉過頭來看他。

一個雙臂上刺了青的男子穿著很高的柴屐，在廟庭前跑著，許多人驚慌地閃開，男子濃眉，臉上有一種肅殺，紅紅的一張嘴緊緊閉著，他忽然大叫一聲，從一張捲著的報紙中抽出一把亮晃晃的武士刀，雙手高舉著刀，舉在頭頂，嘩嘩向空中劈了兩下。

眾人又閃開了一些，一些婦人趕緊把孩子驅趕回家。

男子雙眉緊鎖，好像專注凝神地在祈禱，口中唸唸有詞。

（我看到一雙高高的柴屐，用沒有上漆的白色原木雕製，兩端有高高的屐齒，屐背是用粗糙的棕麻編的。）

不知道為什麼男子把一雙柴屐端端正正放在廟的門口，赤腳一步一步從一條商家的大街走去，有一些人尾隨在他的後面。

「阿雄——」

似乎有一個女人淒厲的叫聲，在街道四周空空的四邊回響，但是男子始終沒有回頭，他白色的綿背心露出雄健的臂膀，臂膀上的刺青的龍鳳會隨他揮舞長刀的動作在肌肉上一起跳動。

（很細密的藍綠色的一片肌肉中的圖案，一條張牙舞爪的龍，龍爪緊緊箝著一個裸體的女人，女人白白的身體，好像完全沒有抵抗地環抱棲息在龍的蜷纏中，露著分不出是滿足或是驚慌的表情。）

龍峒是同安人百年來聚集的地方，離商業繁榮的大稻埕不遠，淡水河也有碼頭在此集散貨物，同安人也就在這裡逐漸形成了商業的街市。

同安人經營商業，在保安宮右手邊形成四十四崁一排毗鄰的店舖，售賣各式雜貨，酒舖，米莊，油麵店，金紙店，枝仔冰店，彈棉花的店，打油買醋的店，可以一路走過去，嗅聞到不同的氣味。

（總是有一缸用木蓋蓋著的深咖啡色的醬，招來不少蒼蠅，有人買醬，老闆娘就露出一嘴的金牙寒暄，問長問短，然後取一張手掌大的報紙，用平板的木匙在醬缸中舀一匙醬，丟在秤上秤一下，增刪一點，把紙一捲，交給買醬的人，繼續詢一家大小都平安快樂否。）

男子手持武士刀衝過街道時，賣醬的老闆娘驚驚慌慌把一包包好的醬失落在地上，男子的赤腳恰好一腳踩上去，醬汁從紙包中濺出來，在地上攤成血漬一樣的斑痕，許多時日，風沙和灰塵掩蓋了地上的斑漬，但是他還一直記得，走過四十四崁那條老街，總是低頭尋找，好像那匆匆跑過的男子留給他什麼以後可以認證的印記，即使漫漶不清了，他還是想再辨認一次。

原載二〇〇七年十二月號《聯合文學》第二七八期

少年龍峒（二）

那條叫做四十四崁的老街，是同安人移民到這個地區後逐漸形成的商業中心。

緊靠在社區中心保安宮的右手邊，兩排紅磚的一式騎樓建築。騎樓從斜坡的瓦片屋頂上延伸出一個約三米寬的簷，形成商業店舖前面的一個公共通行的空間。騎樓相連成廊，路人都在騎樓下行走，可以避雨，也可以避烈日。騎樓下又是通風最好的處所，許多無事的老人便在騎樓邊的籐椅上納涼，下棋，飲茶或逗弄孫兒玩耍。

或許因為鄰街的門面是做生意最好的地方，四十四崁的商家店面開間都不寬，大約四公尺到五公尺的寬度。二十二間一排，兩排四十四間，南北相對。

每一家都有一扇高高的大門，大門上端掛著八卦鏡，門的兩側有紅紙墨字的春聯。春聯多是自己家寫的，也與自己經營的行業有關，每年新春過年春聯貼上去，隨歲月變化，從原來醒目簇新的紅紙，逐漸褪淡成淡淡的有風雨漬痕的粉紅，甚至到了歲末冬至，連一點點粉紅的痕跡也消逝了，只是長長的破損白紙上殘餘著依然頑固不肯消退的黑墨端正的漢字，例如：「風調雨順，國泰民安」之類的句子。

（籐椅上的獨眼老人用他那一隻尚且完好而且精明的眼睛凝視著在歲末東北季風中飄飛的白紙，白紙上端還有一些角落黏在木楹上，但中央的部分漿糊多已脫去。紙被雨打濕，又遭蟲蟻蛀蝕，已經殘破不全。殘紙的邊緣在強風中抖瑟顫動，發出如同廟口樂器的嗦嗦的聲音，一陣強，一陣弱。獨眼老人看了一會兒，便低頭聽風中的紙片聲，忽然獨自哼唱起《陳三五娘》中一段女旦哀涼的唱腔。）

店家正中央高大的門扉一大清早就打開了，門扉下方有一道高高的木製門檻，約四十公分高，防止雞鴨隨便竄入堂屋，大人都要大步跨過門檻，小兒便常騎坐在門檻上看街上過往行人。

門扉的兩側是用木板拼成的一扇一扇門板，下方有一個五十公分左右高的磚台，上面有槽，門板就嵌在槽中，一大早門板也要卸下來，方便客戶上門做生意。

清晨聽到最早的聲音是豬叫，比附近日出後才清醒的鳥叫聲還早，是屠宰場的人到民家收購豬隻。從豬圈抓出吼叫的豬，用粗麻繩吊起黑黑的大豬，掛在兩人扛的大秤上，豬隻掙扎嘶吼，不容易秤。收購的人和養豬主人爭議著斤兩，在尚未黎明的闃暗中用電筒照著秤上的刻字。巨大的秤砣來往搖擺，豬隻的嘶吼一直持續到一把尖銳的利刃刺進牠的喉管。血紅腥濃的液體噴湧而出，旁邊的人趕忙用一隻放了鹽水的木桶盛接洶湧而出的豬血，一股新鮮肉體辛腥溫熱的氣味沉甸甸地在清晨的空氣中瀰漫開來。

（我窩在被窩裡，聽到豬隻的嚎叫時，把被子緊緊蒙住頭，那淒厲慘烈的嘶吼的聲音是因為知道死亡近了嗎？我問母親：「死亡是什麼？」母親背轉身子，沒有回答，母親手中把一疊一疊金箔紙錢散成扇狀，掉進熊熊的火爐中，火爐是一個空的大鐵桶，火焰像許多舌頭向上竄升，爭先恐後，舔噬著紙錢。）

少年起床的時候，走過四十四崁北側後邊的樹下，看到地面上有一些血液的漬痕，他想起清晨蒙在被子裡聽到的豬隻的叫聲。

豬被刮去了毛，白白淨淨的，閉著眼睛，看起來像睡熟滿足的嬰兒。

在白淨的身上蓋著紅色和藍色的方方的大印，似乎是衛生檢驗機構的印記，好像證明死亡已經驗訖，這是可以送到市場去肢解販賣的肉了。

少年揹著沉重的書包，他剛剛食用過的稀飯裡拌了豬油，僅僅一勺白白的豬油，卻似乎膩在喉管，吞嚥不下去，少年覺得空氣中那溫熱而又沉甸甸的肉體的氣味越來越濃，堵在喉口，覺得想嘔吐，又吐不出東西。

（那個獨眼的老人從黝黑的房子裡蹣跚走出來，彷彿擔心有人偷走豬屍旁木桶中浸泡在血水中的心臟，腎臟，肺或者胃這些珍貴的豬隻身上的內臟，他用一隻精明的眼睛四下張望，少年卻覺得他另一隻連眼珠也沒有的空成一個凹洞的眼睛卻緊緊盯著死去的豬隻，「所以——」少年想：「他的另一隻瞎去的眼睛是仍然看得到死亡的吧！」）

東北季風裡夾帶著濕而冰寒的雨絲，一絲一絲飄來，像許多細細的針刺在臉上。

少年離開了豬隻和獨眼老人，他覺得腳步應該快一點，否則會趕不上學校的升旗典禮。

從四十四崁東側，緊緊挨著保安宮的高牆，中間有一條僅僅一公尺多的窄巷，兩旁都是牆，光線很暗，尤其在清晨，沒有人在窄巷中行走，可以聞到微微的廟埕香爐飄來煙火的氣味，還有隱約朦朧的低聲誦經的聲音。

到少年就讀的大龍國小，可以穿過這條窄巷，一出巷口，左轉經過保安宮正門，再隔一條街就是蘭州街警察派出所，大龍國小就緊挨在派出所旁，正對著孔子廟北側的一段紅牆，牆頭上透露出高大的榕樹枝葉，飄著長長的使人心情繁亂的鬚根。

如果不走窄巷，也可以從保安宮西側的角門穿進去，繞過廟的大殿，從正門出去左轉，也可以到大龍國小。

少年每天喜歡選擇不同的路到學校，如果學校是一個不那麼有趣的地方，至少，去學校的路上可以有多一點有趣的變化。

廟的後殿供奉的是神農大帝，一個紅赤赤的男人，身上披著綠色葉子的上衣和下裙，睜著兩個圓圓銅錢一樣的眼睛，右手舉起，拈著一株看起來有點神奇的草。

（少年在神像前站定，拜了一拜。這是母親的教訓，母親說：經過神像一定要拜一拜，不可以大喇喇走過去，對神明不敬！後殿的兩廡住滿了很多因為戰爭而流亡來的外地人。）

住戶多了，兩廡顯得有點雜亂。一清早，有人在後殿的井邊舀水刷馬桶，黃色的尿液和糞便隨著溝的凹槽流去，喧騰起一陣人的排泄物烘臭腥騷的刺鼻氣味。

住戶與住戶之間大多只是用紙版或舊床單圍成隔間，約略區分一些空間，一條廊廡下大約住了有二、三十家人。

煮早炊的人家把爐子放在廟的中庭天井，生起火來，柴木嗶嗶啵啵爆響，升騰起一陣一陣濃煙。等濃煙逐漸轉淡了，才把爐子移近廊下，把井水淘好的米倒進鍋裡，在小火的炭爐上熬粥。

（少年望著爐上一鍋冒出熱氣的米粥，噴放出食物的香氣。）

他彷彿聽到哎唷哎唷的呻吟聲，不知道從哪裡傳來，但持續不斷，就近在耳邊。

他穿過紙版，撩起布幔，看到尚未起床的男人女人，四腳八叉，睡在木板床上，下身只著底褲，露著白白的大腿，一條破舊被子蓋不全下身。

哎唷哎唷細細呻吟的聲音還在持續，少年很好奇這樣壓抑著的哀痛的叫聲可以延續這麼久。

他一戶一戶穿梭進去，在陰暗的木造廊廡下，有時吊著一盞煤油燈，一點一點鬼火般的閃光，使他透著高高斜射的清晨的光看到鬼域一樣的畫面。

一個和他同樣年齡的少女被綁在廊廡的木柱上，用粗麻繩綁著，雙手折在後面，不能動彈。

少年認識這個少女是他同班同學，他驚嚇住了，躲在陰暗角落不敢出聲，他看到少女的媽媽用一根細針，縫衣服的針，一針一針刺在少女大腿上，每一針刺下去，少女就哎唷一聲，她似乎不敢大聲叫，針刺的細孔在黑暗中看不到血，只見兩條白白的腿，瘦瘦的肚子，少女母親一張惡狠狠的臉，彷彿充滿了怨怒，一針一針要如此報怨報復在自己女兒身上，希望她哀叫，希望她痛，卻又不要她死去，那便是母親常說的「折磨」嗎？

少年在看到這事件之後，從此便不再穿過保安宮去學校了。

原載二〇〇八年一月號《聯合文學》第二七九期

少年龍峒（三）

在學校補習完之後，約莫晚上九點鐘，他一人穿過廟埕，大部分廟口的小食攤都已收去，地上潑著一些殘剩的食物，如麵、羹之類，散發著使人覺得飢餓的熱騰騰的氣味。

四十四崁的店家也大多上了門板，整條街寂靜中顯得黑闃闃的，和白天熱鬧的景況很不一樣。

穿過廟宇兩側的小巷，覺得巷子特別長，廟牆又高又寬，巷子擠在底下，看來特別窄隘黑暗，只有幾扇牆上高處開的小窗，透著昏黃的光，他白日常從那裡經過，知道是西廂廡房裡註生娘娘的殿宇，她的供殿中有長年不關熄的燈。

他也嗅聞到小巷裡瀰漫著從廟宇中飄散來的煙火的氣味，楠木粉屑的香，像在空中有神明的庇祐，使他在黑暗的路上有了一點袪除鬼煞恐懼的安定感。

「為什麼要補習？」

「為什麼揹著沉重的書包上課上到黑夜？」

他心裡有一堆疑問，有一堆壓抑著的怨怒，但是都不敢說。

他忽然記起來班級導師王增財老師的臉，一張倒三角型的臉，很高很高的顴骨，煞白煞白的刀削出來的兩腮，非常薄恩寡情的狠狠的眼睛。

「李世雄，出來——」

早上一到學校，王增財一張冷臉立刻傳播著不祥的殺氣。

（李世雄畏畏縮縮從座位走出來，用手護著自己的臀部。大部分時候，學生受王增財懲罰都是用一根一公尺長的籐條抽鞭屁股，因此，學生常常為了應付王增財毫無理由的體罰，總是去學校前先在臀部上塗抹萬金油、生薑……種種想得到的火辣感的藥物，讓自己在籐條抽鞭時減少燒炙的疼痛。但是今天李世雄還來不及準備，剛進教室就被點了名，他戰戰兢兢，雙手護著臀部，知道在這樣沒有準備的狀況下，今天的痛楚是多麼可怕了。）

王增財瞪著李世雄，在全班學生肅然無聲的沉重空氣中，他像一個決定生死的惡煞，其實是比保安宮廟裡的白無常還要使學生膽戰心驚的。

「過來——」

王增財對李世雄磨磨蹭蹭的慢動作十分不耐，大叫一聲。

李世雄站在講台邊，茫然地低著頭，知道這是一場屠殺，但好像猶在思索會從哪裡殺起。

王增財手上並沒有拿籐鞭，這個他慣常用的刑具，都說是他受日本統治教育時從他的老師那裡繼承而來的，上面有著歲月的油黃和似乎血漬一樣的斑紅。

「日本時代偷錢人的手指是一根一根被折斷的——」

老人家坐在廟口閒來無事喜歡誇張一些過往恐怖的故事來驚嚇小孩。

（他看到王增財伸手拉著李世雄手指時，忽然想起老人家講的折斷手指的故事，他忽然嚇得有點失神。但是老人家還是誇張了。王增財並沒有折斷李世雄的手指，他只是把一支一支有稜角的黃色鉛筆夾在李世雄手指之間。從食指到小指，每個指縫夾一根，一共三支有稜角的鉛筆。全班學生仍然像木塑泥雕一樣，呆呆不敢有一點聲音。）

屠殺忽然開始了，王增財用力夾緊鉛筆時，大家都看到李世雄除了夾著鉛筆的手高高吊著，他整個身體墜落下去，跪倒在地上。

少年聽到銳利的尖叫聲，聽到李世雄正在變嗓的男孩子又沙啞又尖細的叫聲——

「老師啊——老師啊——不敢了，再也不敢了——」

跪在地上的李世雄並沒有讓王增財鬆手，他惡狠狠地緊緊夾著少年細細的手指。

全班的學生事後都在回憶，當時確實聽到了李世雄手指一一夾斷的喀喀的聲音。

（這或許是極端恐懼中的幻想吧！那應該是王增財非常不快樂的一天，因為少年的回憶中，王增財並沒有再使用過這種用有稜角鉛筆夾手指的酷刑，還是回復了他經常抽鞭學生的籐條。）

在黑暗的廟側小巷裡，少年覺得巷子怎麼如此長，長到走不完。

他不知道為什麼王增財的臉一直跟著他，他快，那張臉也快，他慢，那張臉也慢。

在王增財家補習的時候，突然傳說教育部派了督學來檢查，當時惡補嚴重，教師常靠補習變名目收受家長費用賺取外快。

「督學來了——」

王增財突然關熄了燈，讓十幾個小學生鑽進榻榻米下的隔間，小小的身體一個一個鑽進去，大家都似乎在嚴守祕密，一點聲響也沒有，聽著王增財開了門，在玄關處與督學寒暄講話，不多久，督學就走了。

那是少年一次奇特的經驗。

在日式房子榻榻米下面，用木板搭建大約四十公分高的隔間，隔間有門，裡面放舊鞋子、舊報紙等等雜物，佈滿蜘蛛網、灰塵。因為一點光也沒有，看不見其他的東西，只有靠觸覺。

少年正擠在李世雄的旁邊，他聞到李世雄身上有魚腥的氣味，知道這是他們家賣魚賣蚵仔的氣味。

他用很低很低的聲音說：「李世雄——」

李世雄臉湊過來，他們都看不到彼此，李世雄伸出手來，碰到少年的臉，少年抓住他的手。

（少年忽然想起那是幾天前被黃色鉛筆夾著的手指，很細的手指，手指上細細的指骨，以及突起來的骨節，他觸摸著，好像還記得當時聽到骨節喀喀斷裂的聲音。但是他摸到的手指雖然很細卻還完整，他很仔細地摸著，想證明這手指在受傷後都還完好無缺。在那闃暗、發霉，佈滿蜘蛛網、灰塵的空間裡，少年們的身體如此靠近，可以聽到彼此的呼吸，可以感覺到彼此謹慎的心跳與鼻息。少年握著李世雄的手，覺得跟他每天回家走的窄巷一樣，一直走不完，那麼長的時間。）

王增財在門口送督學走的時候，還談到近日天氣的反常，互道晚安的時候，好像彼此都還用日本傳統的禮節鞠躬到膝。

少年知道那暗暗躲藏的時刻，可以握著李世雄手的時刻都將過去，竟然湧出淚水，當然，他確定在那黑暗的隔間中，是沒有人看見的。

原載二〇〇八年二月號《聯合文學》第二八〇期

少年龍峒(四)
紀念我的小學好友陳俊雄

廟埕前聚集著許多人，交頭接耳，似乎在商議什麼大事。

他經過廟口，聽到七點五十分的鐘聲，再過十分鐘，就要在操場升旗台前集合，準備每一天的升旗典禮。

「山川壯麗，物產豐隆，
炎黃世胄，東亞稱雄。
毋自暴自棄，毋故步自封——」

（口中不由自主唱起來的歌聲，常常是身體裡最深的記憶。記憶並無好壞的差別，最好的記憶與最壞的記憶，都因為無法忘記，會一而再、再而三從身體裡跑出來。校長陳昭光梳著很日本式的中分頭，塗了油亮的髮蠟，個子頎長，有點嚴肅地站在升旗台前，偶爾會叫住一個驚慌遲到的學生，笑吟吟地說：「睡晚了喔！要養成早起的習慣。」然後是總值星的老師，披著紅色斜肩的值星官布條，叫口令：「立正——」「向中央伍看齊——」學生們以快步移動，排列成一方塊一方塊的隊伍，像是兵士們在戰場上佈陣。陽光從東方的樹梢上升起，照著廣大平坦操場上的每一個學童，青青的頭皮，那是不准許留長頭髮的年代，連女生的頭髮也剪得短短的，必須剪到耳朵上方，頭髮挺硬的女生，髮梢飛起來就像鴨子尾巴的羽毛，在風中一搧一搧。）

「山川壯麗，物產豐隆——」

他遠遠聽到學生們稚嫩的嗓音唱著嘹亮的歌聲，一面紅藍的旗子緩緩上升，他曾經一度幻想自己會被選拔出來做升旗手，站在旗杆邊，在眾人的注目敬禮下，拉著旗杆上的繩子，把一面旗幟升上杆頂。

「升旗有什麼好玩？」阿雄撇一撇嘴，很不屑地說。

阿雄是他同班最要好的同學，本名叫陳俊雄，從五年級開始，他們就並排同坐，用同一張課桌，課桌是長方型的，大約一公尺長，陳俊雄在用尺量過之後，在中線劃了一條線做記號，表示雙方都不可以隨意侵犯他人領域。

「你沒看過下象棋嗎？不是有『楚河』、『漢界』嗎？這就是楚河、漢界。」

陳俊雄其實不是那麼小氣的人，他常常把放在口中含了一早上的棒棒糖遞給身邊的小朋友，慷慨地說：「娃娃，這個棒棒糖剩下一半給你，最中間包著一顆小梅子喔，酸酸的。」

那個叫「娃娃」的小男生便靦腆地接受了阿雄的餽贈。

娃娃看起來還是完全沒有長大的小孩，連講話時的咿咿哇哇都還全是細嫩的童音。

阿雄則不同，同樣的年紀，發育得已如成人，穿著短褲，鼓漲的大腿小腿結結實實，上面一片濃密的黑毛，常常惹起同班同學作弄，猛不防拔一根下來，全班傳著觀賞哄鬧。

阿雄用粗啞低沉的聲音罵著：「幹，你們這些小毛頭──」

他其實是好脾氣的，或者他也覺得自己的確是「大人」了，大人自然不會跟這些毛頭小孩一般見識。

阿雄睡午覺的時候，會趴在課桌上，故意把手肘越過桌上那條「楚河」、「漢界」的中線，微瞇著眼睛輕聲叫他：「小華，小華──」

他張開眼睛，問：「做什麼？」

阿雄低聲說：「不要睜開眼睛，老師會處罰──像我這樣，瞇著眼睛──」

小華就學阿雄，微瞇著眼睛，他看到阿雄黑黑的面龐，濃密而長的眉毛，短短的鼻子下面有一些剛剛長出來的青黑色的髭鬚，以及阿雄很紅很紅的嘴唇，紅而且肥厚，好像月桃花的花瓣，濕濕亮亮的。

「小華，我想休學了——」

「我聽不清楚——」小華聲音一高，坐在講台桌邊改作業的老師就警覺地抬頭全班掃了一下，冷冷地說：「誰不睡覺，出去跑操場！」

阿雄在桌子底下用膝蓋碰了小華一下，示意他聲音不要太大。

小華聽到了窗戶外面寧靜的悠長的蟬的叫聲，是今年最早的蟬聲啊！

他於是微瞇著眼睛，恍惚間聽到阿雄說了很多很多事，但因為是初夏，是一個午睡時的正午，他不確定那是阿雄的說話，或者其中有一部分竟然是自己昏睡中的夢境。

「我老爸今年抽到作醮的爐主——」

「作醮？——」

「就是拜神啦，每年要拜神，有時候好幾年一次大的拜神，祈求神明保祐，就要作醮——」

「你爸爸是爐主——」小華聲音不自主又提高了。

「噓——」阿雄又在桌下用膝蓋撞了一下。好像為了提醒小華不可以高聲，阿雄的膝蓋就一直停在他的腿邊。

「爐主是作醮時候的頭頭，要騎在馬上，披紅色綵帶，很神氣的——」

「就像校長主持升旗典禮？」小華很得意自己找到一個比喻。

「比那個還神氣，因為要騎馬，而且拜的是神明，不是一面旗子。」

他有些高興這樣瞇著眼睛看阿雄，好像視覺的焦距對不準，有時候阿雄很遠，只看到一個模糊的輪廓；有時候很近，近到只看見阿雄淡淡髭鬚下一張豔紅色如同月桃花瓣的嘴唇，一開一闔，吐露出低沉細微只有他聽得到的聲音。

「所以——」阿雄沉吟了一會兒說：「我大概要休學了——」

「休學！」他覺得腿邊的阿雄的膝蓋又壓緊了一下，便低下聲說：「為什麼休學？」

「爸是爐主，他要我參加八家將——」

「八家將？」

「唉，你不懂，就是『童乩』啦——」

「喔，在廟前面赤露上身，拿刀劍釘耙子在身上亂打，哇，好帥喔——」

「小聲一點好嗎——」阿雄又警覺到老師在抬頭巡視了。

「不是亂打好不好——」阿雄顯然有點不高興，兩道濃黑的眉毛在眉心糾在一起，然後他說：「你聽到蟬叫嗎？」

「有，好像今年第一次聽到——」

「你知道，童乩是要請神的——」

「請神——」

「嗯，請神明降臨。神在天上，祂不知道我們人世間有苦，有災難，有病痛，有考試不及格，有夫妻吵來吵去，有人殺來殺去，所以，童乩就手拿鐵鎚、刀劍，在自己身上砍，流出血，傷口很痛，有人還在傷口上噴酒，更痛，然後，你要一直唸著神明的經文，唸著神明的咒語——」

「然後——」他以為阿雄睡著了，或自己睡著了，便睜開眼睛，看到阿雄橫趴著的臉，看到阿雄眼角汩汩流出的淚水。

他有點慌，阿雄是大人了，大人怎麼會忽然哭泣了呢？

他用膝蓋輕輕一次一次撞著阿雄的膝蓋，他想說：「阿雄，你不要哭——」

但是他發現自己不斷流淌著眼淚，好像窗戶外面不斷不斷叫起來的一片蟬聲。

蟬在初夏都一一活了起來，之前，牠們都在哪裡呢？

他忽然希望這是一個很長很長的午睡，蟬一直在叫，阿雄的膝蓋一直頂著他的膝蓋，老師一直在用冷冷的眼光找尋說話的人，可是，他們一直沒有被發現。

但是，沒有多久，阿雄真的休學了。

據說他在學八家將，臉上畫了臉譜，拿著大刀在廟前揮舞，跟武術的老師父學習比劃。

他揹著書包經過廟口，一個威風凜凜的赤膊男子叫他的名字：「趙世華——」

他回過頭，看到一群拿刀弄棍的男子，都是赤膊的，頭上戴著有紅纓的金盔，但是都畫了臉，五顏六色，他分辨不出是誰在叫他。

他又聽到廟後的大榕樹裡傳來盛大恢宏的蟬的叫聲，因為是夏天的末尾了，那叫聲就特別慘烈淒長。

「小華——」一個勾青色臉譜的男人站在他前面，用膝蓋碰了一下他的膝蓋，笑嘻嘻地說：「我是陳俊雄——」

整片的蟬聲響起來，他呆呆地看著那張青色花紋後面的臉，那兩道濃黑的眉毛，那淡淡的少年的髭鬚，那髭鬚下一張鮮豔紅潤的嘴唇，那個嘴唇用很低的只有他聽到的聲音說：「小華，我作了童乩，你要我請神明降臨嗎？」

武術師父一聲令下，七、八個赤膊壯漢即刻恭敬集合，一拳一腳練起功來。

他此後上課總從廟口經過，總看到有人七嘴八舌議論著什麼，他總是遠遠聽到「山川壯麗——」的升旗歌，他知道，陳昭光校長又站在升旗台邊檢查誰遲到了。

但是，不知道為什麼，他不想再去學校上課了。

原載二〇〇八年三月號《聯合文學》第二八一期

少年龍峒（五）
蝙蝠

不知道為什麼，黃昏時總是在天空上飛著許多許多蝙蝠，黑壓壓一片，但是非常安靜，牠們像是無聲的黑雲，靜靜在空中移動。

我看著那些移動的黑影，模仿牠們飛翔的姿態。

牠們和鳥類不同，不太振動翅膀。牠們只是張開翅膀，被空氣飄浮起來，像風箏或滑翔翼，搖搖蕩蕩，可以在空中飄浮很久。

（我有一張破掉的雨傘布，傘骨支架都斷裂腐爛了，我就把這張黑色的雨傘布披在肩膀上，模仿蝙蝠的樣子飛翔。我在離家不遠的堤防上逆著風奔跑，雨傘布被風吹得「啪！啪！」響，但是，飛不起來。我跑了很久很久，回頭看一條筆直的堤防，好像荒原上一條遙遠的路，延伸到無窮無盡，我希望能飛起來，俯看那條跑來的路，像鳥或蝙蝠在空中眺望。）

「我飛不起，我沒有辦法像蝙蝠一樣飛起來——」

那些蝙蝠低低飛掠過我的頭頂，有時候覺得牠們就要撞到我的鼻梁了，牠們卻靈敏地一轉身，又飛去了遠方。

母親告訴我蝙蝠是看不見的，牠們似乎是用非常靈敏的聽覺或觸覺在飛翔，所以可以如此安靜又如此優美。

我也嘗試閉起眼睛，感覺到雨傘的布在風裡震動，如同一波一波的水波，我好像飛了起來。

「閉起眼睛的時候，比較容易飛起來——」我跟自己說。

有一隻蝙蝠從飛翔中墜落了，掉落在電線桿的旁邊，牠瑟縮著，努力移動翅翼，但是似乎受了傷，飛不起來。

我靠近牠，看牠抖動掙扎的樣子。

牠有一個形狀奇怪的頭，方方的，毛茸茸的頭，分不清楚五官，全身都是鼠灰色，翅翼的部分有薄薄的隱約透光的膜，黑色裡透著一點血絲般的暗紅。

我想尋找牠的口齒，似乎許多漫畫都敘述蝙蝠有吸血的銳利口齒，可以依附在人的頸部，靜悄悄把血吸光，被吸的人面色慘白，卻一點也知覺不到痛。

那是多麼厲害的口齒啊，可以不使對方感覺到痛而慢慢一點一點把血吸吮殆盡。

我因此也帶著幾分畏懼與防衛，逼近這瑟縮在地上的飛行失誤的動物。

我手中握著一支竹棍，試圖撥動牠的身體，牠掙扎著，好像要躲藏，卻找不到任何掩蔽。

原來我的肩膀上還披著雨傘的黑布，或許那像黑夜的闃暗籠罩著我，彷彿身處在隱形的狀態，使這小小的可憐動物不知道災禍來臨的原因吧！

最大的恐懼便是這無明的恐懼吧！

我用竹棍挑撥牠的身體，牠翻轉過來，露出急促呼吸的肚腹，那呼吸引發我的奇怪慾望，我便用竹棍戳刺牠的肚腹，牠更劇烈地掙扎，但是沒有發出聲音。

我好像在期待一種淒厲的叫聲，那叫聲告知我牠身上遭受的痛的程度。

可以用叫聲的分貝來測試痛的程度。

人在測試痛的經驗時是殘酷還是慈悲？

我有些害怕，覺得自己身上披著的黑傘布一旦撤去，黑夜就不再庇護我的身體，而天地間那些都拿著竹棍的神魔要從四面八方戳刺我的身體。我的肚腹也在急促呼吸，我的肚腹也這樣柔軟飽滿，引發所有神魔玩弄我的慾望。

（我能夠比一隻小小蝙蝠更有逃生的本領嗎？還是我只能依靠一片披在身上的黑傘布把自己如同一頭鴕鳥一樣，把頭埋進沙裡，假裝一切危機都消失了。）

天空有入夜前的紫灰的晚雲，在燦爛多彩的夕陽過後，將入於黑夜之前，那深墨色的紫灰其實非常像蝙蝠肚腹的色彩，一種透著深紫的灰，使人覺得沮喪而且憂愁。

我決定收養這隻小小的恐懼的蝙蝠，我找到一片黃槿樹的葉子，葉子裡襯墊了一朵落花，黃槿的花是嫩黃色的，中間靠近花蕊的部分卻有一圈深紫色，剛好像一個圓形的容器，我就把仍然抖瑟著的蝙蝠放進這朵柔軟的花中，彷彿是牠新的溫暖的家，外面再用大片的黃槿葉護住，我用手兜著，可以感覺到牠身體在我手掌上的重量以及不時輕微的抖動。

（我拉緊披在身上的黑色雨傘布，越來越感覺到那張布像幼年時我最嚮往的一種符咒，唸一唸，自己的身體就隱形不見了，可以穿過眾多人群，而他們都看不見你——）

我擔心自己在隱形的狀態，而這一隻可憐的蝙蝠與包圍著牠身體的黃槿花與葉子，都會被路人看到，我就努力把捧著蝙蝠的手也隱藏在雨傘布下面。

我不希望廟口附近眾多的人潮會發現我或蝙蝠。

如果我隱身在看不見的黑暗中，蝙蝠與黃色的黃槿花，卻如同有探光燈照著一樣明顯，我相信廟口一定會引起不小的騷動。

一朵明黃色的黃槿花，浮在半空中，裡面睡著一隻如同公主一般的蝙蝠，很像漫畫中的畫面。

廟口原來在戲台前看戲的群眾，忽然都轉過頭來看我。

他們看不見我，因為我有雨傘布的遮掩保護，但是他們會看到一朵黃色的花，睡在花朵裡的蝙蝠。

廟宇的雕花窗上其實有很多蝙蝠的圖案，古代的人一定相信蝙蝠可以帶來好運，在歐洲的白種人沒有在島嶼登陸以前，廟宇一帶的漢族移民也還沒有蝙蝠是吸血鬼的惡劣傳說，他們黃昏時看到滿天飛著的蝙蝠，都相信那就是幸福的使者，他們便邀請了手藝巧的工匠，把一隻一隻蝙蝠的圖像雕刻在窗戶上、門上、屋簷下，常常五隻五隻聚在一起，圍成圓形，帶給人間幸福的庇祐。

（轟轟烈烈的鑼鼓的聲音在戲台四周響起，是練習廟會的宋江陣與八家將的男子們開始舞動了。廟埕上燒起了炭火，火光如同已經死去的夕陽，在黝暗中閃亮發光，有人在炭火中拋擲金紙，點燃起來的金紙帶著點點火光在風中翻飛，像許多許多蝴蝶，在空中浮浮沉沉，最後變成很輕的灰，慢慢尋找降落的地方。）

我回到家的時候，把雨傘布拿下來，謹慎摺疊好，藏進我書桌的抽屜。

母親忽然站在我的背後，她問我：「為什麼手中捧著一隻蝙蝠的屍體？」

我趕緊低頭看，發現黃槿葉子和那朵黃色的花都急速凋萎了，縮成像紙灰一樣脆弱的狀態，新鮮的翠綠色不見了，明亮的嫩黃色不見了，只剩下蝙蝠身體令人沮喪的紫灰，而因為是死亡，那紫灰更顯醜惡難堪。

母親囑咐我把蝙蝠帶去保安宮，她說：死去的蝙蝠都一一成為廟宇窗櫺、門簷上的雕刻，牠們庇祐人間，變成金色的或五彩斑斕的蝙蝠。

（在深夜時分，我被巨大的月圓的光亮驚醒，聽到家人酣睡的聲音，悄悄打開抽屜，取出可以隱形的黑布，披在身上，我把蝙蝠的屍體捧在手中，連同黃槿的葉子與花，一起帶到了保安宮，廟門是關的，我就把蝙蝠與花留在窗檯上，我想，天亮以後，開廟門的人會是第一個發現窗檯上多了一個蝙蝠雕刻的人，五彩斑斕的蝙蝠，旁邊還有一朵美麗的嫩黃色的黃槿花。）

原載二〇〇八年四月號《聯合文學》第二八二期

少年龍峒（六）

四十四崁是同安人移民到大龍峒建立的商店街。

大約四、五公尺寬的街道，兩邊各有二十二間店舖，經營米、麵、油、布、鐵器、藥房等等各種行業，包辦了這個社區一般民生的需求，緊靠在保安宮右手邊，也是社區最熱鬧人潮擁擠的地帶。

四十四崁的商店都是狹長型，前面臨街的騎樓方向是做生意的門面，懸掛著招牌，商家的廣告，店伙一清早就要卸下門板，準備生意上門。

大街的另一端，是四十四崁的後巷。狹長房子的後棟是住家和倉庫，兩邊都是牆，很少門窗，除了小小天井上端透下來的日光，大多顯得陰暗幽靜。在許多堆放著各類貨品之間，堆積著陳年的灰塵，只有老鼠東竄西竄，發出一點吱吱的聲音。

（我到四十四崁大街，不用繞到廟口，通常都選一個商家的後門，穿過狹長的倉庫，一路驚嚇著飛奔的老鼠，穿過明亮的天井，看到老太婆在灶間煮炊，把長長的麵條放進鹼水裡煮，把煮成黃色的麵條撈出來，攤在一個大竹籮裡，篩去水分，等涼冷了，用油拌起來，一籮一籮疊放在庫房，我走過時，看到偷吃油麵的老鼠，因此也迅速抽了幾條塞進嘴裡。）

製作油麵的商家姓黃，母親有時要我去買麵條，說：「到黃麵條家買十元麵條。」我就一手拿了碗，一手拿一張十元紙幣，從後門進去，直接找老太婆買。

我不知道老太婆是黃家的什麼人，黃麵條的老闆胖胖的，常年穿一件圓領麻紗短袖內衣，一條條紋睡褲，笑咪咪坐在向大街的櫃檯前，做生意，也跟過往鄰居打招呼攀談。老闆娘也胖胖的，梳一個髻，臉塗得白白的，也是常年穿條紋睡衣，熱天手上多一把紙扇，也是笑吟吟與過路人客閒聊家常。

母親說老太婆是老闆的媽媽。我覺得不像，她瘦得皮包骨，高高的兩個顴骨，逼出一對細小但銳利的眼睛。瘦削的兩頰，一口包了金的暴牙，臉色蠟黃蠟黃，好像一輩子在鹼水裡煮麵，在黃油裡拌麵，把臉都染黃了。

她總是在灶間，在柴火的煙裡，蒸騰著大鐵鍋沸騰的熱氣，那一張臉好像浮在陰暗中的一個面具，沒有表情，只有銳利的眼睛閃著什麼不甘心的憤憤的目光。

（春天的雨下了很久，到處都濕淋淋的，牆壁上長出了一圈一圈的灰綠色的霉苔，連晚上睡覺時蓋的被子都潮潮的，黏膩濕涼的感覺，很不舒服。只有黃麵條家後門口那一株番石榴樹在雨中特別翠綠。番石榴的樹葉原來綠中帶灰，可是被雨淋濕了，葉脈上流動著雨水的光，竟然是翠綠的，明亮而瑩潤。）

這是一棵野生的番石榴樹，長在路邊，枝幹粗壯，與我家的屋頂一樣高，我在院中玩耍，常常抬頭看籬笆外面結了一樹小圓芭樂的番石榴樹，看到鳥雀停棲在樹枝上，東看西看，沒有人注意，牠們便啄食番石榴，啄開青黃色的外皮，啄食裡面粉紅色的瓤，我遠遠地看，彷彿也聞得到果實內裡香甜的滋味。

「夭壽鳥仔——噓——走——」

我在籬笆裡面聽到老太婆吆喝驅趕鳥兒的咒罵聲。

趴在籬笆縫上偷看，老太婆踩著纏得很小很小的腳，卻行動十分快速，從她的後面咚咚衝出，手上拿著一根細竹竿，揮打著番石榴樹上的鳥，鳥兒受驚嚇，紛紛四散飛去。

老太婆一人站在樹下，用銳利的眼神上下張望，似乎仍然準備與偷食的敵人大戰一番。

這是一棵野生的番石榴樹，但是老太婆不准鳥來吃，也不准附近的孩子偷摘。

她一年到頭都在灶間煮麵條，我不知道為什麼她總是知道有鳥或孩子來偷吃了，即刻手拿竹竿衝出來保衛。

母親一直告誡我不得招惹老太婆，並且搬出許多敦親睦鄰的道理。

我每天隔著籬笆，看著高大茂盛的番石榴樹上纍纍的果實，心裡還是有許多悵然。

唯一可以爬上番石榴樹攀摘番石榴的是一個黃家的女孩。

（這個女孩是黃家什麼人我也不知道，她跟我年齡差不多大，穿著很舊的有點不合身的花衫，燈籠型的七分褲，褲腳的地方有一圈鬆緊帶，箍在她圓圓白白勻長的小腿肚上。她平日穿木屐，走路卻很輕，沒有什麼聲響。番石榴成熟時，老太婆會命令小女孩提一個竹籃，爬上樹去，把一顆一顆番石榴摘下來，放進籃子。）

小女孩爬在樹梢上，正好在我家籬笆的頂端，我站在籬笆下，抬頭看她，她也看到我，嫣然一笑，但似乎害怕老太婆發現，仍然認真摘果子。

我從籬笆縫隙中看著老太婆，她指指點點，告訴小女孩哪裡還有番石榴，小女孩在綠葉叢中，有時不容易看清楚果實在哪裡，老太婆就伸長了手中的竹竿，東敲敲西敲敲，大聲吆喝，我害怕她要用竹竿打小女孩，害怕女孩從樹上掉下來。

小女孩卻身手矯健，在大樹的杈椏間手腳並用，如同靈活的猿猴，不一會兒，就裝滿了一籃的番石榴。

女孩從樹上溜下來，把一籃芭樂交給老太婆，老太婆叮囑她等著，踩著小腳咚咚咚回房間去了。

小女孩立刻又爬上樹梢，隔著籬笆看我，笑得很開心，問我：「要吃芭樂嗎？」

我怕老太婆打她，搖搖手說：「不要！」

她沒有理我，摘下一個一個果實，丟進籬笆來，我趕緊接住，她又繼續丟，我一連接了五、六個，聽到老太婆小腳咚咚走出來的聲音，她才停住，一溜煙又溜下樹去。

小女孩摘第二籃芭樂時，我還在籬笆下，我很高興這籬笆遮擋住我，老太婆看不見我，而攀爬在高高樹梢的小女孩是看得到我的。

（天空很藍，一朵一朵白雲，遠遠近近有蟬叫的聲音。小女孩的小碎花衫上都是芭樂樹葉的影子，晃來晃去，使碎花的衫子更顯得華麗。她摘得很慢，老太婆急得在樹下指指點點，小女孩卻仍然慢條斯理，她不時回頭對著我笑。我把地上她丟給我的果實一一撿起，捧在手上，她頻頻向我笑，好像很高興有一個老太婆不知道的祕密。那是我上小學時最快樂的祕密之一。）

雨季過了之後，太陽日照的時間長了，我在回想上一年芭樂纍纍在樹上的景象。

然而不知道為什麼小女孩好久都不出現了。

我看到老太婆坐在後門口，端了一盆水，打開她腦後的髮髻，她的夾雜著灰色、白色的頭髮很長很長，我之前從來沒有看過這麼長的頭髮，她在水盆裡浣洗自己的頭髮，好像在洗一匹長長的布。

洗完頭髮，她用布巾擦乾，在陽光下坐了很久，等頭髮晾乾了，她在一個陶碗裡倒了一點油，用一片刨木頭刨下來的薄薄木花，沾著油，一次一次擦拭著頭髮，頭髮變得又黑又亮，似乎夾雜的白髮都不見了。

我想問老太婆小女孩的下落，但是我不敢，怕她又用一支長竹竿追著我打，像她平日追打偷芭樂的孩子一樣。

她一定不知道小女孩私下偷偷給了我六個芭樂。

老太婆把長髮挽在腦後，盤成一個髻，把洗過頭髮的水倒在芭樂樹下，泥土上濕了一大塊，老太婆端著空碗、空盆走了，我望著樹地下一大灘水漬的痕跡，看了很久。

原載二〇〇八年五月號《聯合文學》第二八三期

少年龍峒（七）防空洞

戰爭一直沒有發生，但是為了沒有發生的戰爭，整個城市做了很多的準備。

每一家的燈泡上都裝置了黑布，預防一旦空襲來臨，就可以拉下布套，遮蔽燈光，使負責空襲的敵機找不到對象。

（少年聽到嗚——嗚——的警報聲，即刻躲避在桌子下，用手抱著頭部，蜷曲像一個嬰兒。他在空襲警報的聲音中分辨著節奏的變化，從緩慢到緊張，越來越急促，「這是緊急警報了，應該趕快跑進防空洞去——」他這樣告訴自己。）

在猶豫的剎那，警報的聲音又舒緩了，慢悠悠地，像慵懶的貓伸著懶腰，他聽到了鄰近的人家講話的聲音，打開收音機，廣播員字正腔圓講逑空襲警報演習的聲音，隔壁廚房裡沈媽媽叮叮噹噹開始炒菜的鍋鏟聲。

「沒事就來一個空襲演習，他媽的——」隔著竹籬笆，沈伯伯粗獷高昂的聲音特別渾厚有力，他喜歡下棋，每次下棋下到一半，空襲演習，他就要停止下棋，因此特別惱怒，罵著罵著，還對著天空加了一句：「有種你就來個真的嘛！幹嘛窮演習！」

對於戰爭，大人們常常有很不同的評論，在空襲警報的緊張聲音中，通常大人們也都不完全遵照規定地噤聲，他們或者躲避在桌子下面，或者擠在防空洞中，仍然評論著有關戰爭的種種。

「戰爭很可怕嗎？」他在闃暗的防空洞中依靠在母親懷中，抬頭仰看母親在幽微的光線裡微笑著的側面。

母親沒有回答什麼，好像戰爭是一段沒有聲音，沒有畫面的空白。

他記起學校裡播放過空襲的影片，飛機轟隆隆飛來，逐漸低飛，飛到城市建築物密聚的地方，從機腹處放下一枚一枚的炸彈，接著是炸裂的房子，四處飛散的爆破物，翻騰滾滾的火藥的硝煙，坐在廢墟中哭嚎的幼兒——

他看過很多次有關戰爭的宣傳短片，大多數在學校，有固定的時間播放給全校的小學生看；也有時候是在廟口廣場，用幾根粗麻竹搭架子，架起一張白色布幕，用一台發出很大聲音的放映機，播出戰爭畫面——飛機低飛，投擲炸彈，房屋倒塌爆裂，人的奔逃哭叫——

（那或許就是「戰爭」罷——是一部看了又看的陳舊影片，同樣的情節一演再演，終於使他覺得「戰爭」好像是某些人編導的一齣戲，可以到處巡迴演出，可以使大家在平靜無聊的生活裡多一點戲劇性的驚恐。）

母親對戰爭總是沉默微笑以對，彷彿戰爭從來沒有發生過。

「防空洞很安全嗎？」在闃暗密閉的圓形穹窿的空間裡，我擠在母親懷中，聽著母親很近的呼吸與心跳，彷彿又回到了胎兒的狀態。

母親依舊沒有回答，但是坐在旁邊的沈伯伯聽到了，他忽然大聲地說：「防空洞安全嗎？防空洞死的人才多呢——」他皺著眉頭，惡狠狠地搖著頭，發出「唉——唉——」沉著而痛苦的悲嘆的聲音。

「防空洞啊，就是鬼門關，鬼門關，你知道嗎？」他把一張極恐怖的臉貼近我，我本能地往後退，縮到母親懷中。

「鬼門關啊——」沈伯伯長長吁嘆一口氣說：「幾百人擠在一個大防空洞裡，以為安全了，有人還買了燒雞吃，誰曉得，他媽的——一個炸彈左不炸右不炸，巧巧炸在防空洞門口，洞口堵死了，幾百個人出不來，悶在裡面，沒有空氣，活活悶死啊——等工兵挖開洞口，一洞都是屍首，死狀慘啊，真他媽的——」

少年的戰爭記憶不再是飛機低飛，投擲炸彈，房屋倒塌……這些文宣短片中寂靜無聲的畫面，「戰爭」的記憶裡忽然有了沈伯伯粗啞蒼老的旁白，一段聲音的控訴，畫面彷彿才有了真實感。

那一段使人驚悚的旁白彷彿是戰爭真正的注解，他縮在母親懷裡，發現母親仍然微笑的臉龐上流下兩道淚痕。

戰爭始終沒有發生，他偶然在長大的過程裡仍然會浮現飛機低飛的畫面，但更多回憶到的是罩在燈泡上的黑布套，微微晃動，布套的黑影在白牆上搖擺，忽遠忽近，好像鬼的影子。

而那拉長的像哭泣一樣哀傷的警報的聲音也不絕如縷，不時在耳邊響起，像是少年長大的最重要的伴奏。

戰爭始終沒有發生，少年長大了，嘴角冒出青嫩的髭鬚，頭角崢嶸，像一頭初長成的小鹿，有敏捷的四肢，可以即時快速奔跑，但是不知道為什麼，他一旦奔跑起來，就聽到腳後跟著一長串空襲警報的聲音。

戰爭像是罩在燈泡上黑布的陰影，黑布拿掉了，那暗影卻始終留在蒼白的牆上搖晃。

就像社區家家戶戶大大小小的防空洞，在戰爭不再成為文宣重點之後，在空襲警報演習的活動停止之後，那些防空洞卻還那麼具體地存在著，像人身上生過瘡留下的疤痕，那麼觸目驚心地提醒著一段從沒有發生的恐怖事件。

防空洞上長滿了雜草、野花，覆土厚的防空洞上甚至栽植了扶桑、芙蓉，一年四季，開著豔紅或淺粉的美麗花朵，在陽光下迎風搖曳，使人逐漸忘記那個地方與戰爭的關係。

有些防空洞拆除了，蓋起了房舍。

有些防空洞被遺忘了，成為附近居民丟棄垃圾的地方，建築物的廢料，剩餘的食物，貓或狗的死屍，破舊斷腳的家具……都堆放在防空洞四周，防空洞成為骯髒、破敗的記憶，好像大家努力在這裡丟垃圾，想要用垃圾掩蓋掉戰爭的恐懼，沒有人願意再靠近防空洞，然而，防空洞附近的野花總是開得最為明豔。

因為連日豪雨積水，防空洞附近淹成一片水澤，很快有青綠色的浮萍蔓延生長起來。甚至也從附近池塘漂流來了布袋蓮，一個一個圓鼓鼓的球莖浮在水中，上面開出紫藍色有黃斑點的花。

他是為了觀察布袋蓮來的，走近防空洞附近，發現有小小的鴨雛在水中游泳，看到他走近，並不驚怕，反而抬起頭側著眼睛看他。

少年翻著書包，想起中午的便當裡還有吃剩的飯，便拿出來，把米粒攤在手掌上，呼叫鴨雛來吃食。

鴨雛疑慮了一會兒，不多久，游了過來，望著少年手掌上的白飯粒，似乎感覺到是美好的食物，便一搖一擺走來，用小小的嘴喙叼食飯粒。

少年感覺到掌心一點一點輕微叼食的鴨喙的力量，非常開心地笑了。

他並沒有細想防空洞附近為什麼會有一隻可愛的鴨雛，對少年而言，在逐漸成長的歲月，隨著腋下、小腹下一片茂密的毛髮的生長蔓延，似乎他也一直尋找著一個可以躲藏起來的角落。可以躲藏起來，不被他人發現，彷彿他越來越恐懼被他人看見自己身體的變化，腋下與下體一片陰森森的毛，以及那不時要勃起的陰莖。在與父親共浴時，他總是想盡方法夾緊雙手雙腳，試圖掩蓋自己的身體某些羞於見人的部分。而這荒廢被遺忘在一個角落的防空洞似乎正好成為他躲藏自己的最好的地方。

他陶醉在鴨雛的叼食，芙蓉花的搖曳，積水中的布袋蓮，以及水中倒映的雲天的影子。

忽然一陣巨大的吆喝響起：「天殺的，你們要把我怎麼樣？」

他一回頭，一個蓬鬆著頭髮，一臉花白鬍子的瘦削男人看著他，緊緊握著拳頭。

少年望著那如同野獸被驚嚇時的眼睛，覺得似曾相識，卻又不記得在哪裡見過。

那男子咆哮著：「你追到這裡來了啊——一個防空洞的人都死光了，你還不肯放過我啊——你饒了我吧！你饒了我吧！」

男子嚎啕咆哮，跌坐在泥濘中，滿身滿臉都是泥水，一身都是垃圾一樣的臭味。

少年想起學校老師警告過他們，不要去廢棄的防空洞玩，「那邊有瘋子——」老師說。

「這是瘋子嗎？」

少年望著一個蒙著臉嚎啕大哭的男子，他哭嚎的聲音這麼粗啞低沉，像是空襲警報的聲音，忽長忽短，忽然緊張，忽然放鬆。

「戰爭還沒有結束嗎？」

少年看著男子，心裡一片悽傷的回憶，彷彿燈泡上的黑布影子又搖晃了起來。

原載二〇〇八年七月號《聯合文學》第二八五期

攝影／鐘永和

少年芹壁

花崗石依山勢階梯狀層層疊砌閩東
最完整聚落。粗礪的灰最具個性，
海水如鏡臨照；檢肅匪諜的標語依舊在，
澳口有龜島守護。

海天交界的一條線非常清楚，他坐在山坡上一塊岩石上，呆呆看著那一條線，看了很久，好像懼怕那條線突然消逝了，不敢輕易離開視線。

「阿霖，把遮陽傘收一下——」

母親呼喚他的時候，大約是太陽剛好要從壁山對面的海平面上向下沉落的時候。

他走回到家門口一片平台上，平台置放了六、七張木桌，為了防止白日烈日炙烤，每一張桌子旁都設了一張大篷頂的遮陽傘。但是因為海面上水的反光非常強，在夏日的白天，即使有遮陽傘也沒有什麼用。大部分的旅客還是躲在民宿的房間中吹冷氣，只有到日落時分才紛紛從房間走出來，到戶外平台上看夕陽，等待月亮從芹山與壁山的山頂上緩緩上升。

一對姓山崎的日本年輕夫婦，帶著一歲左右的男孩，坐在平台一邊看阿霖收遮陽傘。

小男孩對阿霖收傘的動作很好奇，定定地看著傘布一摺一摺疊起，用帶子綑好，一束一束沿著房屋的簷下排列著。

阿霖的母親端了兩杯青黃色的飲料給山崎夫婦，山崎夫婦有禮貌地道謝，並且詢問是什麼茶？

「烏龍？」山崎先生以為是台灣的凍頂。

「No，」阿霖母親說：「金銀花——」

對方聽不懂，母親就叫阿霖過來翻譯，阿霖靦腆地笑著，他其實也不知道「金銀花」英語該怎麼說，但母親始終覺得他是芹壁唯一通外語的人才，而外語，不管英語、德語、法語、日語——對母親而言，通通是一樣的。

阿霖常常因此抓著頭皮，硬生生跟一個瑞典人或日本人翻譯母親的話語。

大多時候，語言的尷尬過後，無論對方懂或者不懂，在品嚐沁涼的液體時，一律都發生讚嘆美味的表情與聲音，這時，母親看著旅客的臉，滿意地微笑著，她的滿意，包括著金銀花茶，也包括著阿霖。

阿霖憂鬱的時候，母親卻是看不見的。

夜晚十點左右，勞累一天的母親通常都入睡了，第二天清晨她要早起為民宿的客人做早餐，一碟夾了蛋的繼光餅，一杯奶茶或咖啡，很簡單，但人多的時候還是要阿霖一起幫忙。

在遊客稱讚阿霖孝順或懂事的時候，母親習慣性會上前摸摸阿霖的頭。

阿霖在母親的手伸來時，常常藉故躲開了。

童年時被母親撫摸或摟抱的快樂其實早早消逝，代之而起的是憎厭與恐懼。

「阿霖長大了——」

鄰居有時會為阿霖拒絕母親撫摸解嘲，母親撇一撇嘴，做出「誰稀罕」的表情，悻悻走進廚房。

「我長大了嗎？」

阿霖看著一艘一艘遠遠的漁船，一點一點漁船上的燈火，有一種說不出的落寞。

他彷彿聽到了熟睡中母親的鼾聲，因此可以放心自己無所事事地坐在空無一人的台階上看海，看漁船，看天空的星辰……這些他從小一直看到從來沒有發生變化的風景。

芹壁是因為芹山與壁山命名的。二、三十戶人家在面海的山坡上用石塊砌建了一幢一幢房子，高高低低，左左右右，形成了小小的聚落。

聚落高處有一間天后宮，祀奉台閩地區海上的保護神媽祖。媽祖兩側，陪祀鐵甲元帥和臨水夫人。

小小的聚落，幾百人口，大多是從對岸福建移民而來。沿著閩江口，從對岸到最近的島——高登，幾乎只是伸手的距離，阿霖一到夜晚，就看到對岸的漁船一艘一艘亮起捕魚的燈。

很多人把這個村落戲稱為「海盜村」。

童年的阿霖便充滿了好奇地問母親：「我們祖先是海盜嗎？」

阿霖被母親呵斥怒罵了一頓，此後再也不敢提「海盜」的事，但是他從漫畫書或童話卡通裡看到的「海盜」都有浪漫而傳奇的故事，在私底下他頗希望自己真的是海盜的後裔。

但是阿霖他一直隱藏著自己流浪，叛逆，甚至無法無天放肆的部分，使自己馴良到沒有一絲一毫「海盜」的基因了。

也許，那就是他憂鬱的原因吧！

他最大的叛逆只是拒絕了母親的撫摸。

而在這可以聽到母親熟睡鼾聲的深夜，他走向海灣，那鼾聲如同漲潮時一波一波的浪濤，密密逼近他的身體。

他褪去了上身的背心，看到月光下自己身上烙印著背心之外的曬痕，很明顯的皮膚上的褐黑與白的對比，使他彷彿窺探了自己另外一部分未曾打開的身體。

他褪去了短褲，也看到自己下身一段未曾被陽光照過的白，有點悽慘荒涼的白，映照著叢叢如怒草的體毛，覺得這是一個會被「海盜」恥笑的身體。

「如果父親是海盜呢？如果祖父是海盜呢？」

他在深夜常常想到的問題都是白日不會想到的，如同這個村落許多家族的故事，他們習慣不去探問男人的蹤跡與下落。

這是一個留下強悍女人的村落，阿霖無端想起：做為男人的自己，有一天也將從這個村落消失嗎？

他在沙灘上漫步，讓潮水一波一波擊打自己的腳踝。

芹壁村面對的一段海灣名字叫鏡澳。

通常海灣平靜無波，的確像一面平坦明亮的鏡子。

海灣中不遠處有一個岩磐構成的小島，形狀像極了一隻伏在水面上的大龜，岩磐的結構也像龜甲，當地人就叫做龜島。

從龜島到海岸大約只有一百公尺距離，每一年淺水期，據說有八天，可以不用泅泳，直接從海岸可以走到龜島。

阿霖常常在夜晚一個人游到龜島，他對淺灘中的礁石布局都太了解了，完全像一條無阻礙的魚，可以通行在眾多佈滿牡蠣殼的礁石間，不會被刮傷。

他從俯泳改為仰泳，漂浮在水上，月光和水光在身體之間流動，輕輕撥水的手和輕輕踢動的雙腳，使微微的水波在兩腋與兩胯間波動，他像浮在月光上的一條魚，夢想著飛到天上去，在眾多星辰的國度找到自己真正的位置，也許正是自己「南魚座」的位置，有兩條孿生的魚，緊緊依靠著，是用許多星辰組成的魚。

他靜坐在龜島較高處的岩磐上，白日炎陽曬過的熱燥退去之後，空氣中有一種安靜的沁涼，好像午後那一杯冰鎮的金銀花茶。

他聽到些微聲響時初初以為是大魚的唼喋，仔細看卻是那一對姓山崎的日本年輕夫婦在月光下擁抱著，阿霖看到女子赤裸的背，男子粗壯的手臂環抱著女子的腰。

阿霖有點感覺到冒犯了他人隱私的美好，遮住自己勃起的下體靜悄悄溜進水中，藏在水中潛泳了一會兒，才露出水面，確定自己沒有打擾了對方。

阿霖回到鏡澳海岸，走上沙灘，每一腳踩下去，腳印中就出現一點一點熒藍色的光，他從小跟沙灘上這種叫「渦鞭毛藻」的生物遊玩，把牠們稱為「星沙」，一種可以在沙裡形成星光的生命。

阿霖一路跑去，身後一串腳印便浮出如同天上銀河一般的星光，像空中的煙火，如此繁華，一點一點出現，使人驚嘆，也一點一點幻滅，也一樣使人驚嘆。

阿霖在星空與星沙之間，似乎更確定自己是海盜的後裔，流著流浪，叛逆，肆無忌憚的血液。

原載二〇〇八年八月號《聯合文學》第二八六期

攝影／鐘永和

少年南竿

島在海平面之上，戰爭在地表之下，
挖呀挖呀將坑道挖成蟻穴的雄心，
挖不出時間的隱痛，一杯老酒下肚，
回憶即將點燃炸藥。

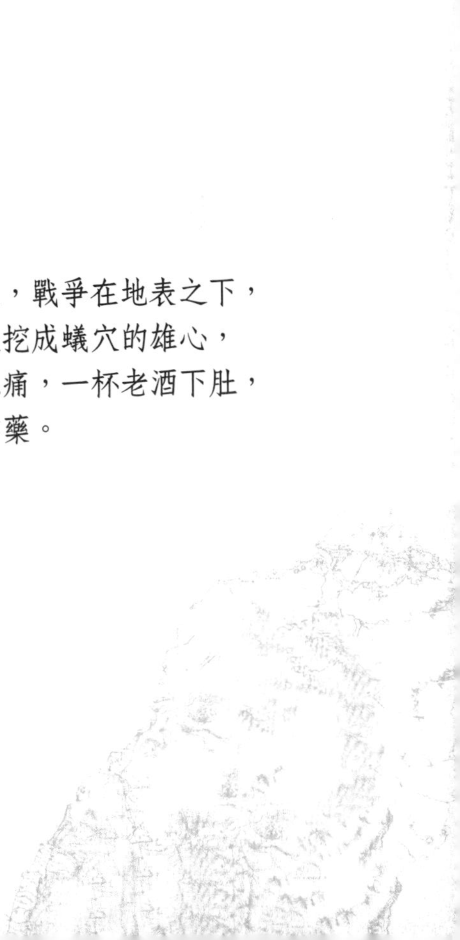

小小的島嶼，一度被戰爭的砲火籠罩，轟轟隆隆的砲彈擊打在建築物上的聲音並不特別使居民們驚嚇，他們有時喝著郁烈的老酒，酒後激昂地敘說著上一次砲戰的慘烈，彷彿在講述一部小說或一部電影。對於新到的青年充員兵，如果透露了一點驚慌恐懼的表情，那手臂上刺著「殺朱拔毛」四個青字的老士官，就噴著一臉酒氣，把一張漲紅的麻臉湊近到充員兵面前，沙啞著喉嚨說：「怕嗎？你仔細看我這張臉，怕嗎？」

充員兵聞到一股強烈的酒味，夾雜著口腔和胃中腐臭的食物的酸餿，夾雜著腋窩下的汗臭體嗅，混合成令人作嘔的氣味，那氣味越來越逼近，使他不能呼吸，但他不敢退後，不敢轉頭，他知道這張臉如同轟隆隆的砲聲，四面八方過來，無處可躲。

「哈，哈，哈──」

士官長狂笑起來，從喉嚨裡噴出口涎，噴在充員兵臉上。

他忽然揪起充員兵的前襟，幾乎把瘦小的充員兵一把拎了起來。他說：

「砲彈咻一聲飛來，你不能慌。你仔細聽，從哪個方向來的聲音。你反方向跑，能多快就多快。聽到那聲音靠近了，趕緊爬下去。」

老士官一把放了充員兵，自己一個踉蹌，撲倒在地上。他回過頭，問充員兵：「看到嗎？要這麼快！」然後他露出野獸一樣的狂野，一把拽下了褲子，露出黑毿毿一個屁股，他喝斥著充員兵說：「看，慢了就是這樣下場——」

充員兵看到黑毿毿的屁股其實是焦黑的一片疤，有碗口那麼大，像一個皺縮在一起沮喪的人的臉。

老士官從地上爬起來，褲子還垮在大腿上。他慢騰騰地站好，把陰莖和睪丸都塞進褲襠，重新繫好腰帶，坐在充員兵身邊，朝著天空望了一會兒，很寂靜的風聲，他跟充員兵說：「今天的砲打完了，今天沒事了。」他看著充員兵蒼白的臉說：「別怕，活著就不要怕。」

島嶼被砲彈不斷襲擊的那些年，島上駐軍的領導決定開挖地下以及山壁中的坑道，最初是試圖建設武器的掩體，把機槍、高射砲都置放在岩壁上挖出來的坑洞中。逐漸因為砲戰越來越激烈，就決定延長坑洞為坑道，可以貯存更多軍用或民生物資，也可以在戰況緊急時把軍民都疏散進坑道中。

坑道在長達二十年間不斷開挖，像地下的蟻穴，無邊無際地蔓延，高高低低、迂迴如羊腸的坑道，穿過一層一層岩壁，彷彿隱藏著戰爭歲月不可言喻的荒謬隱晦的心事。

他看過今天的潮汐，漁民的作業大多依據潮汐的漲退，在城市裡長大的他對海洋了解不多，來到南竿使他開始認識海，認識在海上討生活的漁民，知道潮汐像是大海的呼吸，漁民便依靠著這呼吸決定出海與回航的時刻，決定下錨與撒網的位置。

「閩江口的潮間帶是漁獲最豐富的地方，魚、蛤、蝦、蟹的肉質也最甜嫩。」漁民們這樣跟他說。

他想起自己愛吃的佛手貝，小小的，大拇指大小，一邊是硬殼的爪，像一尊佛手，另一頭是軟殼，裡面包覆著一粒鮮美的貝肉，配著島嶼濃烈的老酒更是香甜。

他在港邊跟漁民聊天，看看時間差不多了，就騎上單車，往北海坑道去。

腳踏車上坡有些吃力，他貼著木麻黃的樹林騎，避開了烈日，但仍然一身都被汗濕透了，他便脫去了衣服，袒露著上身，迎面有一陣一陣風吹來，到了高坡頂再左轉，一路都是下坡了，風速加快，他放手讓單車向下滑行，已經遠遠看到湛藍的海，像沉睡一般，藍色上沉靜著幾座岩礁。

坑道入口有一座兩公尺高的雕像，是幾個軍裝的士兵正用鐽子、十字鎬勞動工作。雕像做得很寫實，他仔細看，都是二十歲上下的年輕人。他想了一下，父親在這裡服役的時候應該也就是這個年齡。

父親常跟他說在坑道裡工作的情形——計算好要開挖的空間，在幾個標示出來的岩壁上鑿出小孔。花崗岩的石壁硬到不行，什麼工具都難砸開，只看到火花四濺，鋼鐵與岩石硬碰硬鏗鏘作響。

「我把土製的火藥塞進好不容易鑿開的岩壁隙縫中，等士官長命令，一起點燃，用炸藥引爆的力量，從各個角落把一塊岩磐炸碎——」

他記得父親敘述時的表情，那時父親已經肝癌末期躺在醫院病床上，他忽然變得很愛講話，甚至很仔細描述在南竿島上服役時每一位認識的軍中的夥伴，特別是那一位喝了老酒以後會脫下褲子讓他看屁股上的疤的那位麻臉士官。

父親在病痛中難得的笑容竟是因為那位士官與他奇怪的友誼。

「一個有趣的人，我剛見到他，怕得要死，覺得簡直是人間妖魔——」

他陪伴著父親，在醫院此起彼落的呻吟哀叫的聲音中，發現父親睜大眼睛，似乎一夜都沒有睡。

「睡一下吧——」他握著父親乾瘦的手。

父親搖搖頭，他顯然又陷入回憶中，陷入那些曲折彎來彎去的黝暗坑道中，那攀爬在岩層裡像蟻穴一樣複雜而神祕的坑道。

他正在讀卡夫卡的《城堡》，他覺得父親敘述的坑道真像卡夫卡小說裡的世界，荒謬、黝暗，完全不合理，但是人類的文明不是一直在建造著偉大而荒謬的工程嗎？一條五千公里長的牆、被稱為長城，只是為了抵擋外族的入侵，而當戰爭過後，那留在大地上的一道長長的牆，就顯得有一種不可思議的荒謬，「因為荒謬才形成了偉大吧——」他少年的頭腦中這樣想。

但他不會跟父親說，父親對他荒謬的念頭是不會理解的。

每一個夜晚在病床邊陪伴父親，在故事裡認識了那痲臉士官，他忽然覺得，似乎父親與這痲臉士官才是真正的親人，「同袍」，父親用了一個他這一代不常用的辭彙，「同袍」，是穿同一件衣服、同一條褲子的意思嗎？

「睡不著，再講一講你挖的那條坑道？」兒子鼓勵著父親，雖然醫生一再叮嚀父親的病大概拖不過這一兩天，但是，兒子還是覺得父親臉上有一種光亮，每當他提起青年時開坑道的故事，提起那個總是酒醉到不省人事的痲臉士官，他就彷彿即刻變成了年輕人的模樣。

「我把火藥很仔細地裝在標示好的定點，岩磐的八個邊角。都裝好了，把引線一條一條拉出來。那是要很謹慎做的工作，坑道裡很黑，常常要靠手的觸覺，把引線放置在高一點不會碰到積水、不會受潮的地方。引線受潮濕就會熄火，無法引爆火藥。」

父親斷斷續續說了坑道的故事，兒子若即若離彷彿走進他想像中卡夫卡筆下的「城堡」，那不斷擴大的建築，一層一層密密保護著主人，然而主人自己最後在「城堡」裡也迷失了方向，永遠走不出自己修建的「城堡」。

「我把引線拉到洞口，跟麻臉士官說：都佈置好了，可以點火了。麻臉士官詭異地笑一笑，說：等一等，讓我喝口酒，喝口酒，看天崩地裂。他笑著一張醜臉，拿出酒壺，灌了一大口，又遞給我，我也學他灌了一大口。」

兒子想：如果卡夫卡的《城堡》只是要說存在的荒謬，那麼，父親一生最引以為豪的「坑道」是不是一種荒謬的偉大呢？

「引線點燃了，我和麻臉士官頭靠著頭，看著一點一點的火星燃燒起來。一條火星的線，紅紅的，像血管，延伸到黝暗的坑道中。」

父親眼角流出了眼淚，兒子用毛巾替他拭乾，他繼續亢奮著，好像回到了坑道口，看著燃燒的引線，一點一點，將要炸開整座岩磐的引線。

「可是，引線另一端一直沒有動靜。我跟士官頭靠頭，我聞到他滿頭滿臉酒氣。我說：我進去看看。我要動身，可是麻臉士官按住我。他說：別動。我來看。他又打開瓶蓋，一口氣把酒灌光了，回頭跟我笑一笑，說：喝飽了酒，看天崩地裂。」

父親在黎明的光慢慢亮起來時閉上了眼睛，他最後告訴兒子的故事結尾是——那麻臉士官才剛剛走進坑道，火藥就引爆了，一聲巨響，真的是天崩地裂，從來沒有這麼成功地炸出大大一個坑洞，父親因此還得了一枚軍隊的獎章，但是，那麻臉士官的屍體卻一直沒有找到，父親說他不斷在碎石堆裡翻挖，他想找到任何一點可以證明麻臉士官存在過的證物，但一直到他退役離開那個小島，始終沒有一點結果。

父親抓著他的手說：「那小島已經解除戰地政務了，有空替我去看看坑道，替我去看一眼那裡的海，喝一口那裡的老酒——」

他因此來了，在坑道裡坐著，讀卡夫卡的《城堡》，喝了老酒，覺得父親還在跟麻臉士官談笑嬉鬧，簡直像一對熱戀中的情人。

原載二〇〇八年九月號《聯合文學》第二八七期

攝影／翁翁

少年水頭

東方閩南與西式洋樓混融，
在傳統中窺見瞻望世界的豪氣，
依戀大海的村落雖小，
時不時吹來鹹腥海風，
誘引夢中的船啟碇，向遠方。

他走過一片草地，在綠色的光影中看到一些小小的灰褐色的禽鳥，體形不大，走走停停，似乎在草叢間覓食，叼叼啄啄，有時也停下來歪著頭，彷彿遠遠打量這路過的陌生人。

一場猛烈的砲戰剛剛過去，空氣裡還都是硝煙和死亡的氣息。

他想起父親書房裡的那張畫，畫上有一隻一模一樣的鳥。

少年放下身上的書包，蹲在地上，仔細觀看這群大約總共有十來隻的小鳥。

禽鳥很特別的地方是頭部，有一頂像冠冕一樣羽扇狀張開的頭羽，非常華麗，使這體形不大的禽鳥彷彿戴著頭冠的君王或武士，有一種令人起敬的貴氣。

少年想起學校裡來了幾位年輕的戰士，穿著草綠色的軍服，戴著中央鑲了一枚青天白日徽幟的長沿軍帽，曬得黝黑的面龐透著勞動後汗水油膩的紅紅的面孔。

軍士們是來幫助學校建造運動場的。他們用十字鎬鋤地，碰到堅硬的花崗岩石，十字鎬彈震起來，冒出火花，噹噹的聲音引來學生們圍觀。

「怎麼辦，阿豐？」

阿豐看著十字鎬，他擔心剛才用力太猛，十字鎬的尖頭會折損，他用右手大拇指試探尖頭的鈍利，才發現自己手臂一片發麻，反彈起來的十字鎬震動他緊握的手臂，肌肉受力，一開始不覺得，逐漸整條手臂痠麻起來，從手腕到手肘，甚至連肩膀都麻痺了起來。

阿豐一邊用左手按摩著手肘手腕，一邊看著圍觀的學生們。

他笑著打招呼，問他們：「怎麼不去上課？」

忽然不遠的地面上低低飛掠起幾隻灰褐的小鳥。

阿豐被鳥吸引了，很仔細地看著，好像想起了什麼事，他便走到一邊，打開隨身帶的一個軍用帆布背包，找了一下，拿出一個黑色皮革的小箱子，取出了一只望遠鏡。

阿豐坐在地上，用望遠鏡觀看大約三、四十步外的小鳥，調動著焦距，看得很仔細，沒有覺察到他的背後圍了一圈好奇的學生。

一個學生甚至把臉湊到阿豐臉旁，似乎很想找到一點空隙也可以從鏡頭中看到那些小鳥的樣子。

阿豐發現了，笑著把學生拉近，讓他坐在自己腿上，也把望遠鏡放在學生眼前，說：「你看，戴勝——」

「戴勝？」少年詢問著，看到了鏡頭中一隻有美麗頭冠的鳥。

「戴帽子的戴，勝利的勝——」阿豐看著少年制服上繡的名字——陳育勝，笑著說：「跟你一樣的名字，阿勝——」

「你看，牠頭上有一把像扇子一樣的羽毛，好像戴了帽子，很神氣對不對？」

阿豐把每一個學生一一抱在身上，幫他們調焦，仔細觀看那一隻一隻的戴勝鳥。

少年阿勝看著這阿兵哥，看他帽沿下濃黑的眉毛，很挺直的鼻梁，鼻梁下嫩嫩的髭鬚，圍著豐滿而紅潤的嘴唇。

「你會常常來我們學校嗎？」阿勝忽然問道。

學生陸續離開了，阿豐收起望遠鏡，站起來，看著阿勝，沒有回答。

他想起故鄉老家，在父親的書房牆上掛著一張榮寶齋水印木刻的畫，小小的冊頁裱成了立軸，畫面上一枝雙鉤的竹子，竹子上停著一隻戴勝，那散開的扇形羽冠栩栩若飛，也是那一張畫，使他從童年開始便從父親口中知道了「戴勝」這個名字。

父親說戴勝有戴著冠冕的意思，古代文人盼望學而優則仕，可以考科舉得功名，因此就把戴勝鳥做為做官有了功名的象徵，宋元的繪畫中就常出現戴勝，用來送給讀書人做為一種取功名的祝福。

「爸爸，那你為什麼不做官？不是老是有人找爸爸做官嗎？」阿豐稚氣地問著。

父親笑一笑，撫摩著兒子的頭，彷彿千言萬語，年幼的兒子是不會懂得的。

戴勝鳥的那張立軸就一直掛在父親書房，在阿豐成長的過程，從啟蒙到進入中學，長成清秀俊美的青年，那戴勝鳥好像逐漸使他懂了父親不可言喻的孤獨。

一九四九年初，父親忽然失蹤了，沒有任何消息，母親終日雙眉緊鎖，面對著已經十七歲的兒子，很矜持地不肯多談一點丈夫的行蹤。

國共內戰的砲火由北而南，逐漸波及到阿豐的寧靜小鎮，母親忽然決定要阿豐跟隨舅父往南遷。

「妳呢？」阿豐問母親。

「我留在家裡，不能家中無人。」母親篤定地說。

「那我留下來陪母親。」

「不，你先避一避。」母親一向不多話，但意志堅決，她的決定也很少有人能辯駁改變。

母親替阿豐打點了行李，沒有帶太多東西，用手絹包一些珍貴金銀首飾，叮嚀兒子收好，戰亂中或許會有需要。

阿豐接過沉甸甸的布包，才忽然覺得好像不是一次單純的旅行，眼眶溢滿淚水，話堵在喉嚨口，看到書房中竹梢上停著的戴勝，忽然問道：

「媽，爸到底去了哪裡？」

母親震顫了一下，猶疑了一會兒，說：「你也長大了，應該知道。你父親去了延安。」

阿豐當然知道延安的意思，那個共產黨領導的工農革命的據點，卻仍然很茫然，不能理解儒雅斯文的父親與延安革命的關係。

舅父差人來催上路，母親說：「去吧，三兩月，戰爭就要結束，別磨蹭了。」

舅父是國民黨軍官，南遷半途很快遭遇共軍，軍隊潰散，舅父陣亡，阿豐隨殘兵一路奔逃，到了金門。

「這裡叫水頭？」

阿豐牽著阿勝的手，一個未滿十八歲的青年帶著一個初識不久的十二歲少年，因為戴勝鳥，成為要好的朋友。

「不遠處有碼頭啊——」阿勝有點在地人的自信，跟初到不久的青年軍士介紹水頭村的種種，帶阿豐看了幾幢水頭村有歷史的洋樓。

「是出外做生意的金門人回來蓋的，所以有南洋風。」阿勝說。

「啊——」阿豐恍然大悟：「所以你們學校大門也是一個西洋樓的樣子，上面塑著有翅膀的小天使，原來金門是很受西洋風影響的地方啊——」

水頭村範圍不大，幾戶閩南式合院的老舊建築，黑瓦屋頂，牆壁用花崗石堆砌，砌造出各種不同的圖案形式。

閩南式的民風中摻雜著西式南洋風的洋樓，好像古老傳統裡有了向世界瞻望的勇氣與自信，與阿豐從小居住的安靜保守農村小鎮有很不同的氣味。

阿豐甚至愛戀起這個緊靠大海的村落，好像時時可以從空氣嗅到一種新鮮的鹹腥的氣味，好像連夜晚的夢裡都有可以航向遠方的船在啟碇。

阿豐想起了大學畢業不願意做官的父親、想起總是憂慮什麼的母親，想起一路在戰爭中那麼多死去的青年，想起書房牆上畫裡的戴勝鳥，有一點離鄉的哀傷吧，但他也似乎在流離中有了挑戰自己生命的新的喜悅。

有一天，阿勝從學校畢業了，他約了阿豐去塔山，經過一間小小的寺廟，十七歲的阿豐停了下來，一個字一個字讀著寺廟門楹兩邊的對聯：

昔有違里辛酸客
寺奉他鄉飄泊魂

「什麼意思？」阿勝問道。

「大概這個小島，你們家鄉有，因為戰爭，有很多外來的人，年輕，死在這島上，鄉親好心，就為他們收了屍骨，供奉在這寺廟中吧——」

阿豐說完，第一次離家後有大慟，忽然落下淚來，他好像看到一場慘烈的戰爭，如雨一般掉落的砲彈，許多年輕軍士死了，像阿豐一樣的年紀，戰場的硝煙裡都是遍地屍骸，他好像看到自己也成為屍骸，一縷悠悠蕩蕩的魂魄，到處找一個可以安身的地方。

「你怎麼哭了？」阿勝問。

阿豐沒有回答，逕自在寺前合十，拜了三拜，聽說又將要有大戰事要爆發，阿豐合十祭拜，好像是祭拜自己未來的魂魄。

原載二〇〇八年十二月號《聯合文學》第二九〇期

附錄

蔣勳的少年與少年的蔣勳

謝旺霖

這些人當初從大陸這樣移民過來台灣的幾乎都是少年。
他們出去冒險，或者嚮往一個地方，一片新土地，
甚至連兩腳都沒有機會踏到這塊土地上，
可是他們的屍骨在這裡。
這當中似乎有一種年輕的精神，或說少年的精神在這塊土地上，
而這個東西讓我覺得，我不希望台灣太老。

（二〇一一年十一月二十四日，八里淡水河岸旁，蔣勳畫室。）

走入畫室，便見河流悠悠地躺在窗前，水光粼粼躍動。稍往左看，可以望得見出海口，遠方海口，接連天空無邊的霽色。這樣看著望著，不知不覺就忘了此行的目的。

電話鈴聲響起，我睜開模糊的雙眼。那端聲音傳來：「吵醒你了嗎？」「猜一猜我現在在哪？」他的聲音與奮得像個追風少年。我瞥了一下掛鐘，早晨七點半。他說要讓我聽，手機高高舉在空中。澎湃的浪濤兀自深情地拍打在岸上，掏洗岸邊滾滾的卵石。

我知道——那是七星潭獨有的聲音。

「看見太魯閣的畫嗎？」我轉過身來，才發現稍前匆匆一略壁上的墨畫，原來是太魯閣。我從窗邊移步至畫前，順著山脈纏綿的走勢，想起同登錐麓斷崖那次，在山水的中途，一行人都累癱了，就睡臥在懸壁間輕搖的吊橋上。恍惚中，我忽然醒轉，正聽見他打手機給遠方的朋友：「嘿嘿！猜一猜我現在在哪呢？」

畫室裡的一切總要使我分心。終於讓自己坐定下來，隔桌面對著他。我搔搔頭，尷尬笑了一笑，記起了今天第一個問題。

謝旺霖（以下簡稱謝）：是什麼原因開始觸發您寫「少年台灣」系列？

蔣勳（以下簡稱蔣）：大概從青少年時期，我就喜歡揹著背包在台灣亂跑。沒有計劃，也沒有目的，經常會因為一個地名很特別，就想去。譬如有一次，我在「月眉」，去看了做交趾陶的林洸沂。然後在那個夏天，很熱很熱的晚上，突然看見很藍的天空上那種星月。你會覺得，誒！這地名怎麼會跟這個天氣密切相連。

寫《少年台灣》的時候，有個習慣是揹著背包坐在小火車站等車，就開始做點小筆記。那筆記不是有目的的。可能剛好看見瞎了一隻眼的老人，天長地久坐在那裡不知道要幹嘛，我就開始描述他的動作，描述他跟周邊扶桑花的關係，然後，陽光在他身上慢慢地消失。這本書很多東西是從這樣的筆記整理出來的。

我想這些都跟一般可能世俗所說的旅行無關，它比較接近流浪的旅行，會讓你意外碰到一些難忘的事情。

謝：可是您也寫了許多的篇章，像「大龍峒」之類，似乎不只是被地名所觸發。

蔣：其實有好幾篇是寫朋友的故鄉。後來有一種動機，碰到一個人我就會問：「你在哪裡生長的？」很多人回答：台北、台中或高雄。不過這類大都市往往很抽象，不具體。再問下去，就慢慢找到，像芝山岩、苑裡、燕巢等這些小地方。

像那時正在寫〈少年古坑〉，有一天碰到一個企業的老闆，我們聊了起來，後來她一說到「古坑」，就很興奮開始一直講，那個董事長的職位突然不見了。她說：「哇！我們那個古坑喔，我們每天放學回家就斜揹著一個書包開始跑，那時候剛剛發育，書包袋子摩擦我的胸部，覺得很痛也在跑。然後我就一腳踩進蛇坑，然後發現，哇！全部跳起來都是蛇。」我想如果沒有人問她，大概她不會經常想起這樣的事。

那些小地方往往充滿他們的童年，很深，很具體、很獨特的生命記憶，嗅覺的，觸覺的，身體的那種記憶，我很想幫他們把那些記憶釋放出來，找回來。我覺得找回來以後，他才有故鄉。而「大龍峒」的部分，則是寫我自己的童年。

謝：為什麼《少年台灣》每個篇章的命名都冠上「少年」？

蔣：我第一本出版的作品《少年中國》（詩集），就用到「少年」。我想，「少年」是我對「青春形式」的某一種迷戀。

喜歡「少年」兩個字，多少是受到父母的影響。我來自外省家庭，父母也許是基於一種鄉愁吧，都喜歡談他們自己源遠流長的家世，像我的母親有滿清正白旗的血統。但我到了巴黎之後才發現，父母的鄉愁其實對我來說都不具體。我有自己的鄉愁。我的鄉愁是大龍峒，從童年開始就在這塊土地上生長的東西。

台灣有一種話，叫「開台祖」，意思是，你跟這土地的關係是更確定的。我在想，如果父母跟著姊姊移民到加拿大，他們的遺體也埋葬在加拿大，那我會不會是「開台」第一代？

謝：所以「少年」，具有訴說自己的童年、鄉愁和土地，包含時間與空間的意義？

蔣：在我畫室旁，有一個墓，以前附近是個碼頭。一八二七年，漢人移民在那裡下船，但船行過程裡有不少人死在船上，倖存者便合力把屍體就地埋葬。那些死者都沒有個人的名字，因此叫「萬善同歸」。這些人當初從大陸移民過來台灣的幾乎都是少年。這些人，他們出去冒險，或者嚮往一個地方，一片新土地，甚至連兩腳都沒有機會踏到這塊土地上，可是他們的屍骨在這裡。

這當中似乎有一種年輕的精神，或說少年的精神在這塊土地上，而這個東西讓我覺得，我不希望台灣太老。

台灣的年輕，也可以包含很多東西。就像我去看馬祖的燈塔，發現守燈塔的，竟然有俄羅斯人、英國、丹麥、荷蘭人等。台灣後來在兩蔣時代強調漢族統治，所以可能不容易理解這些事。如果我們有機會，將十六世紀後這些世界船隊，在島嶼上踏過足跡的經驗和生命留下來，很可能讓這個地方變成非常混血的文化。這也是我比較想講的廣義的「少年」。

謝：關於「青春形式」與「台灣」的關係，能不能再說明一下？

蔣：我覺得台灣的年輕，有時候是很冒進，冒險，甚至魯莽的。你在這本書裡時常可以見到，不知天高地厚，不畏死活去做一些事，充滿頑強、耐苦的生命力。

這樣的生命力，可能也跟殘酷、毀滅在一起。這些東西構成我對島嶼某一種文化性格的理解。它們是一種美學，不太講合理，它們或許暴烈，非常的情緒化，很容易自我毀滅，然後也不在意毀滅。我覺得這種美學形式的本身，沒有所謂的好壞，就像書裡我寫到的有些人物，第一代在海裡的死亡，第二代繼續還是那樣，表面上是某一種宿命，但我不覺得它是悲劇，它裡面有一種美，就是漂亮，台灣那種生命力的漂亮。這些其實都是一種「青春形式」。

謝：剛才提到「大龍峒」，我觀察到您在書裡，時常有一種對庶民文化的關注與欣賞，這跟您成長背景有關嗎？

蔣：對，我想有關。當時大龍峒除了少數當地的仕紳家庭，以及移民，我們大概是唯一的外省家庭。我後來升學，小學同學幾乎在畢業後就失學了，開始從各行各業出來，在菜市場賣菜，殺豬，運煤球，變成底層的勞動者，非常的成熟。那時經常走過攤販，他們忽然會割下一塊豬肉，或抓起一顆菜頭拋給我。你還在傻里瓜氣讀高中，少年維特煩惱的時候，他們已經在賺錢養家，辦桌結婚了。那個差距讓我自己覺得好窩囊。

對那些生命的著迷，似乎是我不可擺脫的宿命。可是那些東西在都市一直擴大後，就漸漸減少了。

我好像一直都住在都市邊緣，像住大龍峒，當時是台北邊緣，現在住八里，又是台北邊緣。我覺得在都市邊緣，是你去凝視都市很好的角度，所以你不會一下子變成被物質所囿養的寵物，就是覺得還有一種流浪的東西在身上，讓自己自在一點。如果這是作家非分之想的話，我希望島嶼這樣的生命力可以久一點，否則許多的創造力會因此而流失掉。

謝：我注意到本書收的文章，可分兩個時段：一九九九年十一月開始到二○○○年十二月，以及二○○七年一月到二○○八年十二月。這之間相隔了六年，當初的想法，跟六年後再繼續寫，有何不同的轉變嗎？

蔣：你不提我大概沒有特別的反想。我想那會不會是我時常在這片島嶼浪蕩，游走，本來感受到的快樂，喜悅，與很澎湃熱情的那種愛卻漸被澆熄，其間大概有六年真的是非常沮喪。

大約在一九九九年，有一種興奮，因為很具體感受到這個島嶼將要改變。它可以改變，可以將我們從小所受的教育，天經地義的那種東西拿掉，讓它再有一次可能性出來。我覺得那是我自己的夢想。

到了二○○六年，重新拿起筆來寫《少年台灣》，是因為知道自己有過不實際的夢想，而我不該把它加在當年遊走在島嶼的快樂上，我回來以島嶼的方式去看它，那種信仰才是比較具體的。就像我在《聯合文學》另一本作品《島嶼獨白》（一九九七），不稱它為「台灣」，而稱它為「島嶼」。我覺得自己可以從過去是威權的黨，或有可能也變質的新的黨，從那中間的關連跳脫出來，回到個人身上，所以我又開始揹著背包，到處去走，覺得自己可以更快樂。

謝：這本書混融了像小說、散文和詩的筆法。就形式上來看，非常特別。譬如，您會使用括弧，但括弧有時跟主文有關，有時卻自成一格，甚至有一種斷裂的效果。您就這方面是否特意設想過？

蔣：我不太喜歡文體分類，就是歸類成小說、散文或詩，也不太喜歡書寫者太早被定義為詩人或散文家、小說家。因為我覺得這會使形式上產生一種綑綁。我很喜歡像卡謬、卡夫卡、沈從文。他們寫的很多的札記，其實很難歸類，甚至我覺得好像是散文，可是裡面的人物時常比他們的小說還強，或者說它的詩意性，比詩還要高。我希望抓到這個。

我喜歡不定性文體。因為不定性在書寫時，給自己更高的自由或散漫性。我還不能夠定義到底是自由，還是散漫。像括弧，我忽然不想寫前面，就用括弧把自己跳出來。跳出來時，也許是另外一個人在看這件事，也許是我自己的分裂，或者說是這裡面的某一種斷裂。用這個斷裂，可以造成更像札記的部分，如果是札記，它的角度就可以跳，所以我當時不太在意這是不是一個完整的文體，就大膽地玩了這個部分。

這次重讀，我覺得未來如果要繼續寫《少年台灣》，可能會更多用這種形式。

謝：這本書裡面，有沒有您比較喜歡的篇章？

蔣：其實不是篇章，我覺得是人物。我後來再讀，突然覺得好懷念這些人物啊。

另外，譬如書裡面的〈少年豐山〉，大概是我寫的唯一一個，今天電子業裡的上班族。開著Mini Cooper，穿著Armani襯衫，拿Prada手機，身上有古龍水香味，那樣雅痞的人物。他那天載了一個搭便車的，只為了「豐山」這地名就想去流浪的少年背包族。而他覺得自己好像已經沒有那個能力了。寫的時候，很憂傷，我覺得好怕自己變成那個樣子。

我忽然發現寫他，大概是寫一個我害怕的遺憾吧。

謝：所以這裡面其實也包含一種自我的提示，或說反省，甚至是期待？

蔣：我相信這個島嶼是個年輕、富足的島嶼。而且我一直在想：我們在富有裡面到底流失什麼？這個島嶼流失了什麼？有沒有可能就是在今天，忽然心血來潮。特別強調心血來潮，就是不要有什麼計劃，揹起一個背包就走了，不要擔心今天晚上睡哪，也不要擔心下一頓飯在哪裡吃。

如果我們處在一個富足的狀態裡，你在擔憂什麼呢？這些擔憂是不是現在的都會裡誇大出來的，一種對於生命的褻瀆。

而我希望這時的《少年台灣》，可以讓大家重新去行走這個島嶼，就是揹著一個背包就走了，去探索一個新地方，去看看那些完全不同於你生活的人，或者回到記憶裡曾經住過的小小的故鄉、社區。說不定你認識的人還在，與他們交談幾句，我覺得那對自己現在的生活可能會是有趣的平衡。

謝：您覺得身為一個創作者，該如何拓展他／她的創作之路？

蔣：身為一個創作者，如果不能獨自走出去，如果他經驗一個土地裡面的人的生活愈來愈少。這樣的經驗少掉以後，一定是創作的萎縮。因為創作一定是來自這種東西。我不覺得創作必然是從閱讀來的，它應該是從生活出來的。

我一直喜歡的作家，如沈從文、高爾基，都是從生活出來。高爾基的《童年》、《我的母親》、《我的大學》都是他在俄羅斯浪蕩時的紀錄。沈從文寫《從文自傳》、《長河》和吊角樓裡的妓女那種生活，全是在家鄉和當兵時浪蕩的記憶。我覺得這些都是最好的文學。

好的文學，並不是讓人停留在這個文學本身，而是讀完以後把它丟開，去看那一塊土地和那裡面人民的生活。我不知道這樣的文學態度，是不是對的，可是我覺得有一天這些書寫被丟開，然後他們藉著這些書寫去了莿桐，去了金門的水頭，馬祖的芹壁，蘭嶼的野銀，也許是最美好的一件事。

「最美好的一件事。」四周突然安靜了下來。他顯然還在等我發問。我翻動眼前的紙頁，看著自己原先列的許多問題，卻覺得無須再問了。

他馬上像個孩子般蹦起來，說：「走！帶你們去看『萬善同歸』。」我觀察到他講述一個多小時，就算到了現在，卻還不想起自己應該要喝一點水。

小小矮矮的墓塚，碑石上刻著「萬善同歸坆」，香爐裡供著線香，也插著香菸，顯然一直有人祀奉，一旁還有棵老榕樹撐展繁茂的枝葉在照護著，這些曾經無主的孤魂。類似這樣的地方，據說在八里還有好多處，有的已蓋了祠堂，塑了金身，有的只是一塊紅磚，一張紅紙，寫上了幾個字。

就在「萬善同歸」的面前，我好像多懂得一點點什麼是「少年台灣」的意義了。

他接著又領我們坐渡船，免得我們這群可能只會搭計程車的土包，錯失淡水河上的風景。當渡船漸漸遠離岸邊，坐在最後一排的他，咧嘴靜笑地側過身去，回視著八里。不知他究竟看的是河水，抑或觀音山，又或者是風呢？我突然想起他寫的〈少年八里〉：

> 這一岸的過客常常是辦完喪事，踩著山腳下新墳地的黃泥，一臉疲倦沮喪，端著供品或神主牌，站在船頭上口中唸著經文或咒語。
>
> 那一岸的過客多來吃孔雀蛤。看烈火中蛤貝一個一個張開，嗅聞到蛤肉和九層塔的菜葉及大蒜一起爆開辛辣刺激的味道。

寫的是過去，卻彷彿也能應合現在。我看著，他和他看八里的方向，想著想著自顧地傻笑了起來。不定向的風，胡亂分撥著他一頭蜷曲的髮，儘管髮色已經灰白了，那少年的氣象其實未曾稍改。

謝旺霖

一九八〇年生於桃園中壢，東吳大學政治、法律雙學士畢業，清華大學台灣文學碩士，目前為政治大學台灣文學研究所博士生。二〇〇四年得雲門舞集「流浪者計畫」贊助，因為流浪，才開始邁出文字創作的生涯。曾獲文建會「尋找心中的聖山」散文首獎、桃園文藝創作獎、國家文化藝術基金會創作及出版補助。著有《轉山：邊境流浪者》。

國家圖書館出版品預行編目資料

少年台灣 / 蔣勳著；-- 二版. --
臺北市：聯合文學, 2012.06
384面；17×23公分. --（文叢 ;536）

ISBN 978-957-522-991-7(平裝)

855 101010226

聯合文叢 536

少年台灣

作　　者／蔣　勳
發 行 人／張寶琴
總 編 輯／周昭翡
主　　編／蕭仁豪
資深編輯／尹蓓芳
編　　輯／林劭璜
資深美編／戴榮芝
篇名文字撰寫／鄭順聰
內頁插圖／林佳瑩
業務部總經理／李文吉
行銷企劃／蔡昀庭
發行專員／簡聖峰
財 務 部／趙玉瑩　韋秀英
人事行政組／李懷瑩
版權管理／蕭仁豪
法律顧問／理律法律事務所
　陳長文律師、蔣大中律師
出 版 者／聯合文學出版社股份有限公司
地　　址／(110)臺北市基隆路一段178號10樓
電　　話／(02)27666759轉5107
傳　　真／(02)27567914
郵撥帳號／17623526 聯合文學出版社股份有限公司
登 記 證／行政院新聞局局版臺業字第6109號
網　　址／http://unitas.udngroup.com.tw
　E-mail:unitas@udngroup.com.tw
印 刷 廠／鴻霖印刷傳媒股份有限公司
總 經 銷／聯合發行股份有限公司
地　　址／(231)新北市新店區寶橋路235巷6弄6號2樓
電　　話／(02)29178022

出版日期／2012年1月　初版（十五刷）
2012年6月　二版
2020年8月17日　二版十三刷第一次
定　　價／320元

ISBN 978-957-522-991-7（平裝）

少年台灣

你，當然就是書中的「少年」。